SCHIMBAREA

ROXANA NASTASE

Cartea A Treia

În Seria

MacKay – Detectiv Canadian

SCARLET LEAF

2021

© 2021 de ROXANA NĂSTASE

Toate drepturile sunt rezervate. Nici o parte a acestei cărți nu poate fi reprodusă, salvată într-un sistem de stocare sau transmisă sub nici o formă fără permisiunea scrisă a editorului, cu excepția situației în care un recenzor citează unele pasaje scurte într-o recenzie pentru a fi publicată într-un ziar, revistă sau jurnal.

Toate personajele din această carte sunt fictive, iar orice asemănare cu persoane reale, în viață sau decedate, este o simplă coincidență.

Scarlet Leaf a permis ca acest roman să rămână exact așa cum a intenționat autorul.

Acest roman nu portretizează forțele de poliție canadiene.

PUBLICAT DE SCARLET LEAF
TORONTO, CANADA

Icăi, o prietenă bună, de încredere, care nu dezamăgește niciodată și cu care chiar te poți distra

Mulțumesc! Întotdeauna mă pot baza pe tine că îmi vei spune adevărul și nu vei încerca să îndulcești pilula.

PROLOG

Din când în când, câteva raze de soare răzlețe reușeau să străpungă cerul cenușiu preț de câteva clipe, pentru a se reflecta mai apoi în sticla ferestrei largi, orbindu-l astfel pe Jose. Vântul nu părea să fie la fel de puternic precum fusese cu o zi înainte, așa că, spre deosebire de altă dată, tânărul bărbat de douăzeci și patru de ani găsea o oarecare plăcere în munca sa.

În dimineața aceea, plutind în briza ușoară deasupra orașului, pe platforma pe care o folosea pentru spălatul ferestrelor, bărbatul se putea crede regele lumii. Ori de câte ori Jose își arunca privirile în jos, la nivelul străzii, avea impresia că ceilalți muritori se asemănau unor furnici ce alergau de colo colo.

Cu o zi în urmă, omul avusese senzația că nu era decât o frunză prinsă în vârtejul vântului și își blestemase atât slujba, cât și dorința lui de a face așa ceva. Acum, totul părea destul de diferit.

Mulțumit de sine însuși și de munca sa, Jose începu să fluiere în ritmul cântecului ce susura prin căștile pe care le avea la urechi.

Tânărul bărbat câștiga suma fantastică de douăzeci și doi de dolari pe oră, în fond. El însuși era primul care să recunoască faptul că, de fapt, câștiga mult mai mult decât unii dintre prietenii săi. Aceștia asudau într-o fabrică neaerisită aproape zece ore pe zi pentru doar puțin mai mult decât jumătate din ceea ce câștiga el.

Jose știa că avea noroc în slujba aleasă, chiar dacă mai bodogănea el din când în când. Dar, în fond, cine nu se plângea de munca sa? Doar era în natura omului să găsească ceva de care să se plângă în orice. Cu cât oamenii aveau mai mult, cu atât se lamentau mai tare.

Pritocindu-și norocul îl motivă pe Jose să depună și mai mult efort în munca pe care o făcea, bărbatul ridicându-se pe vârfuri pentru a ajunge și mai sus, pentru ca mai apoi să își flexeze genunchii pentru a acoperi cât mai mult din panoul de sticlă. Dacă l-ar fi privit cineva de la depărtare, ar fi crezut că omul își pierduse mințile. Mișcările sale haotice aduceau cu un balet dubios.

Cu toate acestea, în afara unui pescăruș, nimeni nu era martor la munca sa plină de zel. Pasărea cloncăni și apoi strigă din cauza confuziei ocazionate de spectacolul ciudat, dar bărbatul nu o auzi peste explozia rapului care îi urla în urechi. Cu un ultim strigăt dezgustat, pescărușul trase concluzia că ar fi fost mult mai bine să caute ceva de mâncare, așa că părăsi scena.

Gândul la cei douăzeci și doi de dolari pe oră îi dădu lui Jose puterea să termine și fereastra aceea. După aceea, bărbatul își puse mâinile pe șolduri mai întâi, iar mai apoi răsuflă adânc.

La naiba dacă nu merita el banii aceia. Suprafața acelor panouri de sticlă puteau să hăituiască sufletul omului, iar el era cel ce trebuia să le facă să strălucească. De fapt, bărbatul nu își mai putea permite să primească o altă plângere. Resursele umane îi dăduseră deja o notificare scrisă după dezastrul pe care îl avusese cu unul dintre clienți luna trecută.

Omul inspiră și expiră de câteva ori, ia mai apoi își aruncă ochii spre cadranul ceasului. Ecranul acestuia îl anunță că era timpul pentru a lua prânzul, așa că Jose se așeză pe platformă, încrucișându-și picioarele sub el, iar mai apoi scoase un sandviș mare din rucsacul său.

Tânărul bărbat își despachetă sandvișul și îl mirosi. Da, chiar că reușise să obțină combinația perfectă atunci când îl crease în dimineața aceea, iar acel lucru nu era chiar așa de rău pentru băiatul mamei, după cum îl numise mironosița aceea de Isabel.

Jose se despărţise de Isabel de mai bine de un an, dar aceasta nu însemna că bărbatul uitase toate lucrurile dureroase pe care femeia i le aruncase în faţă. Unele chestii rămân întipărite în mintea unui om mult timp după data lor de expirare. Ori de câte ori se întâmpla ceva neplăcut, cuvintele lui Isabel îi apăreau imediat în minte.

Şi totuşi, tânărul bărbat deja dăduse peste femeia visurilor sale, aşa că Isabel aparţinea trecutului. El chiar se hotărâse să o ceară pe acea femeie în căsătorie.

Alicia nu îşi bătea joc de el şi nu încerca să-l facă de râsul curcilor. Jose nu aşteptase altceva decât să primească salariul pentru a o invita într-un loc mai deosebit pentru a o cere de soţie. Iar ziua aceea tocmai venise. Era ziua de plată.

Jose îşi şterse degetele de pantalonii de traning şi îşi scoase telefonul. Bărbatul îşi verifică contul bancar, iar când ochii îi căzură peste depozitul făcut în acea dimineaţă, zâmbi. Oh, da, venise şi ziua aceea.

Abia aştepta să vadă surpriza Aliciei când aceasta va da cu ochii de localul pe care el îl alesese. Jose deja făcuse rezervări la unul dintre cele mai selecte restaurante din Toronto, iar un inel bine gândit îl aştepta acasă. Mai trebuia doar să cumpere nişte flori, iar seara aceea urma să dea tonul restului vieţii sale.

Pentru a se asigura că absolut nimic nu îi va împiedica planurile, bărbatul îi trimise prietenei sale un mesaj: *Nu uita, la ora şase la punctul nostru de întâlnire.*

Jose nu trebui să aştepte prea mult pentru a primi răspunsul ei. Când ochii lui dădură de şirul de *oxoxoxox* afişat pe ecran, bărbatul izbucni în râs. Fetele se dovedeau aşa de prostuţe uneori.

Jose înghiţi nişte apă şi puse pachetul de la sandviş înapoi în rucsac. Cu un oftat de satisfacţie, bărbatul manevră platforma spre următorul set de ferestre şi începu să le şteargă.

Ar fi fost amuzant dacă, măcar, ar fi putut vedea ce se petrecea dincolo de geam. Cu toate acestea, sticla întunecată nu îi permitea să zărească absolut nimic din ceea ce se petrecea la acele etaje. Bărbatul ridică din umeri cu indiferență.

Cel puțin putea să-și imagineze ce urma să se întâmple în seara aceea când îi va pune iubitei sale întrebarea. Jose avea o imaginație bună și știa el că Alicia va fi atât de fericită că va plânge și îl va săruta. La acel gând, un surâs larg îi răsări pe buze.

Când durerea ascuțită îi străpunse inima, Jose strigă, dar nimeni nu îi putu auzi strigătul peste zgomotul traficului de mai jos din stradă. Preț de o clipă, nevenindu-i să creadă ce i se întâmpla, tânărul bărbat se întrebă cu uimire dacă nu cumva suferea de un atac de cord, chiar dacă acel gând părea prea ieșit din comun.

Mai apoi, omul se prăbuși în spate și, cu un ultim gând conștient, încercă să se agațe de bara de siguranță pentru a se menține pe platformă, dar nu reuși să o prindă. Senzația zborului peste bara platformei îi copleși tânărului creierul, care încă mai trimitea mesaje de-a lungul sinapselor, chiar dacă un glonte bine bătușit deja îi oprise inima.

Fără viață, bărbatul atârna în harnașamentul de siguranță, la mila vântului blând. Cerul devenise și mai cenușiu, iar vântul începu să se întețească ușor, dar Jose era deja prea departe de planul material pentru a mai simți ceva.

CAPITOLUL UNU

Mirosul de cafea stătută atârna în aer, gâdilându-i nările, iar Mark își încreți nasul cu dezgust. Cineva ar fi trebuit să golească cafetiera și să pregătească niște cafea proaspătă.

Mark își aruncă ochii în jur prin birou cu o privire critică, iar inima i se chirci la priveliștea care îl întâmpină. Mda, trebuia să facă ceva în legătură cu acea încăpere și cât mai curând. Leah MacKay, locotenentul, urma să revină înapoi la muncă în aproximativ o săptămână și îi va lua pielea de pe el pentru că lăsase biroul ei să ajungă în acea stare jalnică.

Adevărul era că abilitățile lui Mark de a face curat erau vai și amar. Niciodată nu vedea nimic în jur dacă altcineva nu îi răsufla în ceafă. Doar atunci, ochii bărbatului începeau să zărească ceea ce nu era la locul lui.

Leah își lăsase biroul și echipa de detectivi în grija lui Mark pentru perioada de două săptămâni în care ea își petrecea luna de miere în afara orașului Toronto. Femeia nu îi dăduse prea multe instrucțiuni, dar, cu toate acestea, era clar subînțeles că nici nu se punea problema ca Mark să îi distrugă biroul cât era ea plecată.

Oricum, mai am câteva zile până ce va trebui să îmi fac griji, își strânse Mark buzele pentru câteva clipe. După aceea, nemulțumit de prospectul de a pune biroul la punct, bărbatul își aruncă pixul pe masă și își întoarse ochii către fereastră.

Cu chipul încruntat, detectivul privi bucata de orizont vizibilă prin sticla ferestrei, iar colțurile gurii i se curbară în jos. Cenușiul cerului îi înrăutăţea starea de spirit şi mai mult, chiar dacă nu crezuse că aşa ceva ar fi fost posibil.

Mark contemplă pata de cenuşiu preţ de câteva minute, iar mai apoi ridică din umeri. Albastru sau gri, era acelaşi lucru pentru el. Cel puţin, nu ningea şi nu ploua.

Bărbatul se săturase de-a binelea să facă faţă elementelor vremii în fiecare zi. Iarna aceea păruse mult mai lungă în acel an. În consecinţă, Mark deja ajunsese la capătul răbdării, ceea ce era cu adevărat interesant. Bărbatul îşi petrecuse cea mai mare parte a vieţii în provincia Quebec, în fond.

Să-şi dezăpezească maşina în fiecare dimineaţă timp de o săptămână îl lăsase complet descurajat. Chiar şi în timpul nopţii Mark visa nenorocita aceea de lopată, astfel neavând parte de o noapte bună de somn.

Umbrele de sub ochii lui deveniseră din ce în ce mai întunecate în ultima vreme, iar detectivul, ori de câte ori dădea cu ochii de reflecţia sa în oglindă, avea senzaţia că se transformase într-un raton.

Dar în ciuda a toate acestea, mai exista speranţă. O speranţă îndepărtată, dar primăvara se simţea în aer. Sau, cel puţin, asta simţise el pe drumul său spre secţie în dimineaţa aceea.

Cu câteva luni în urmă, inima i-ar fi cântat de bucurie la cea mai mică rază de soare. Mark s-ar fi gândit să iasă în sfârşit undeva, într-un parc sau o tavernă, pentru a bea o bere pe o terasă, umplându-şi plămânii cu aerul rece al anotimpului. Acum, berea suna destul de bine, dar omul nu reuşea să se entuziasmeze suficient pentru a merge undeva.

De când îl părăsise Jen, Mark se se scufundase într-o depresie întunecată. Bărbatul crezuse că relaţia lor de aproape trei ani însemnase ceva şi pentru femeie, numai pentru a descoperi că se minţise singur, probabil datorită unei imaginaţii prea bogate.

Femeia l-a ţinut pe Mark agăţat suficient de mult până ce a dat de ceva mai bun. Mark nu avea nici cea mai mică şansă să intre în competiție cu un portofoliu de șapte cifre. Cecul lui de salariu abia dacă se târa undeva departe în urmă.

Sătul de introspecții, Mark își aruncă ochii la ceas și se strâmbă. Era abia ora unsprezece. Prânzul nu ar fi reprezentat o scuză legitimă pentru a părăsi biroul, mai ales că deja își luase o pauză de cafea cu numai treizeci de minute în urmă. Cu toate aestea, avea senzația că nu avea suficient aer să respire, simțindu-se prizonier în acea încăpere. Trebuia neapărat să iasă de acolo.

Mark știa că ar fi trebuit să citească măcar câteva rapoarte, dar nu avea deloc chef să deschidă acele dosarele. De altfel, Anna și Josh își dovediseră eficiența în trecut cu vârf și îndesat, așa că Mark se îndoia că ar fi fost necesar să-i supervizeze pe cei doi detectivi în acel moment. Oricum, nimic nu i se părea suficient de urgent pentru ca să se scuture de pasivitatea sa, așa că bărbatul continuă să se bălăcească în propria sa melancolie.

Detectivul se lăsă mai pe spate în scaun, iar apoi își propti picioarele pe marginea biroului, fericit că Leah nu era prezentă acolo pentru a-l face fărâmițe cu limba ei ascuțită. Bărbatul închise ochii, gândindu-se că, cel puțin, și-ar fi putut permite să moțăie vreo ora sau un pic mai mult. Oricum, nimeni nu ar fi intrat în birou fără a bate la ușă mai întâi, așa că, dacă ar fi venit cineva, ar fi avut timpul să își coboare picioarele la podea.

Mark adormi cu mâinile împreunate peste stomac, mulțumit că zgomotul din sala detectivilor nu trecea prin pereți pentru a-l deranja. Fără să își dea seama, bărbatul fluiera printr-una din nări de fiecare dată când expira, sunetul ținându-i companie bâzâitului din surdină ce venea de la computer.

Visele agitate îi aduseră o încruntare pe chip. Din când în când, o grimasă îi trăgea în jos de colțurile gurii și degetele îi zvâcneau. Colțurile ochilor i se încrețiră, iar liniile de pe frunte i se adânciră, în timp ce sprâncenele i se adunară deasupra nasului.

Cineva ciocăni la ușă cu entuziasm, iar telefonul său mobil sună în același timp, făcându-l să tresară. Mark se trezi sărind în sus, lovindu-și cotul de muchia mesei din cauza aceasta. O secundă după aceea, piciorul său drept se prinse de colțul de sus de sub masă pentru câteva clipe.

Mark trase tare de picior și își suci glezna. Omul icni, iar picioarele îi aterizară cu zgomot pe podea. Corpul i se aplecă în față și abia reuși să evite marginea mesei cu fruntea. Bărbatul se chinui să își păstreze echilibrul, strivind sub limbă câteva cuvinte bine alese.

Atât ciocănitul, cât și soneria telefonului, continuară să se facă auzite și Mark se strâmbă. Își trecu la repezeală degetele prin păr pentru a-și pune părul ciufulit în oarecare ordine, iar mai apoi își netezi hainele cu gesturi grăbite.

— Intră, strigă el pentru a se face auzit peste zgomotul făcut de soneria telefonului, iar apoi înșfăcă aparatul de pe birou să vadă cine îl căuta.

Ușa se deschise doar pe jumătate, iar Anna, cu ochii mari, își introduse capul prin deschizătură, semn că nu știa la ce se putea aștepta din partea lui.

Lui Mark îi trebuise destul de mult timp ca să răspundă. Mai mult decât atât, zgomotele înăbușite ce veneau din încăpere nu se dovediseră prea încurajatoare pentru tânăra polițistă.

Mark îi făcu semn să intre în birou cu un gest neglijent, în același timp verificând ecranul telefonului său pentru a vedea identitatea persoanei care suna. Pe mutește, detectivul o invită pe Anna să ia loc pe scaunul de vizavi de el, iar apoi răspunse la telefon.

— Care e treaba, Victor? lătră detectivul cu supărare, numai pentru a se încrunta o clipă după aceea.

Omul sperase să nu se dea de gol că toată tărășenia aceea îl scosese din sărite.

Pentru a nu-l deranja pe Mark, Anna închise ușa încetișor, iar mai apoi se așeză într-unul din scaunele de vizavi de el. Femeia își împreună mâinile în poală, așteptând cu răbdare ca detectivul să își încheie discuția sa telefonică.

Toată lumea din secția de poliție îl cunoștea pe Victor sau știa despre el. Omul ajunsese sursa unor știri fierbinți după ce reușise să supraviețuiască în urma a trei atentate sălbatice la viața sa, iar mulți dintre ofițerii de poliție îl declaraseră erou.

Anna avusese șansa de a petrece timp în compania bărbatului în trecut, iar Victor o impresionase cu atitudinea sa indiferentă față de ceea ce gândeau ceilalți oameni despre el. Acesta se vădise a fi un noncomformist, cu o inteligență peste medie. Codul lui moral o atrăsese pe femeie și mai mult. Bărbatul trăia după un set de reguli proprii, extrem de stricte.

— Da, Leah se va întoarce săptămâna viitoare, dădu Mark din cap, răspunzându-i lui Victor la o întrebare, pentru ca mai apoi să continue să îl asculte cu atenție.

Când ochii detectivului se rotunjiră, iar buzele i se desfăcură din cauza surprizei, Anna înșelese că subiectul de discuție era ceva serios.

— Da, desigur, voi face investigații. Nu, nu putem aștepta până se întoarce Leah, își scutură Mark capul, strângându-și buzele cu hotărâre.

O cută adâncă se formă între sprâncenele omului, iar acesta își aplecă capul spre dreapta, ascultând în continuare cu atenție la ceea ce i se spunea.

— Bine, atunci, spuse Mark, aruncându-și privirea spre ceasul de la mână. Presupun că pot ajunge acolo în jumătate de oră, dacă vrei, continuă el după aceea.

Mark mai ascultă câteva momente, iar apoi aprobă dând din cap.

— Bun, atunci ne vedem la tine acasă. Da, vin și cu Anna și Josh, își asigură el prietenul. Ne vedem curând, amice, spuse Mark, terminându-și conversația telefonică.

— Mergem undeva? îl întrebă Anna, iar sprâncenele i se ridicară sus pe frunte.

Sângele îi alerga prin vene rapid din cauza excitării. Știa ea că un caz alături de Victor ar fi putut fi descris oricum, dar în nici un caz plictisitor.

— Da, cred că tocmai am făcut rost de un caz, îi explică Mark gânditor. Spune-i lui Josh că trebuie și el să vină. Oricum, Victor a făcut unele aluzii cum că ne-ar aștepta cu prânzul și doar știi că Liliana chiar știe să gătească bine, îi făcu detectivul cu ochiul colegei sale.

Femeia izbucni în râs și își scutură capul.

— Asta, știu într-adevăr, se arată ea de acord cu cuvintele lui, iar mai apoi se ridică de pe scaun și se îndreptă spre ușă.

— Ah, ce doreai? o opri Mark, amintindu-și că femeia venise să îi vorbească.

— Oh, nimic deosebit, își flutură Anna degetele cu nonșalanță. Josh și eu ne gândeam să mergem să luăm prânzul și voiam să te invităm și pe tine, ridică ea din umeri.

— Aha, bine atunci, aprobă Mark cu o mișcare a capului, privind-o mai apoi pe femeie părăsind încăperea.

Și pentru asta, aproape că m-am mutilat, mârâi el după ce Anna dispăru pe ușă, iar mai apoi lovi masa cu pumnul.

Cu toate acestea, gândul unui prânz zdravăn îl făcu pe Mark să uite de incidentul respectiv și de faptul că aproape se rănise.

CAPITOLUL DOI

Hei, bună, îi salută Victor pe detectivi cu efuziune, iar mai apoi, cu un gest larg, îi invită să intre în casă. A trecut ceva vreme, se gândi el să adauge după ce închise ușa în spatele lor.

— Ei, nu chiar atât de multă vreme, îi răspunse Anna, fluturându-şi degetele pentru a-i îndepărta cuvintele. Doar ce ne-am văzut la nunta lui Leah, numai acum trei săptămâni, îl corectă ea pe bărbat pe un ton jucăuş, iar un zâmbet îi curbă linia buzelor.

— Asta aşa e, ne-am văzut, se arătă Victor de acord cu ea. Eu vorbeam despre venirea voastră la mine acasă, îi explică el. Chiar a trecut ceva vreme de când ați fost aici ultima oară.

— Cred că a fost în septembrie, remarcă Josh cu un surâs. Era aniversarea ta, sublinie bărbatul, iar Victor dădu din cap, conducându-i spre camera de zi.

— V-aş invita afară, dar este cam rece şi nu cred că v-ați simți prea bine, le surâse el detectivilor.

— Este Liliana acasă? se interesă Mark, sperând că măcar va putea obține ceva de mâncare în timpul acelei vizite, aşa cum îi promisese Victor.

Menţionase Victor ceva despre mâncare, dar detectivul nu prea avea încredere în prietenul său în ceea ce privea acel subiect.

Liliana aşeza întotdeauna ceva delicios pe masă pentru vizitatori. Victor, însă, nu era atât de politicos. Omul adoptase noi obiceiuri din momentul în care pășise pe pământ canadian și uitase tot ce învățase, probabil, pe când era copil în casa părinților săi.

Detectivii se puteau aștepta la orice din partea lui. Ideea lui de a le oferi prânzul putea să însemne să le ofere niște cipsuri și bere, chiar dacă berea le era interzisă detectivilor în mijlocul zilei de muncă.

— Se va întoarce acasă curând, dădu Victor din mână, fără nici un fel de griji, după ce își aruncă ochii la ceasul de la mână. Avea de făcut vreo câteva curse, le explică el. Zilele acestea, nu prea are multe zile libere, așa că înghesuie tot ce poate atunci când prinde una, continuă el ridicând din umeri.

Nici unul dintre ei nu îl întrebă pe Victor de ce nu își ajuta soția cu acele curse. Detectivii ajunseseră să o cunoască pe Liliana bine până atunci și învățaseră că tinerei femei nu îi prea plăcea să i se știrbească independența numai pentru că devenise soție pentru a doua oară. Aceasta nu considera că avea nevoie de ajutorul soțului pentru absolut tot, ba din contră, se gândea că era destul de capabilă să se ocupe de propriile sale probleme de una singură.

— Este prea devreme pentru o băutură tare, spuse Victor după ce oaspeții săi luară loc. În fine, ce părere aveți de niște cafea sau o băutură răcoritoare? îi întrebă el privind de la unul la celălalt.

— Ambele ar fi superb, admise Mark, oftând în surdină.

Mâncarea nu părea să fie în meniu pe ziua aceea. Victor uitase complet că îi invitase la prânz în timpul conversației telefonice de mai devreme.

— Ei bine, faceți-vă comozi, iar eu vin cu băuturile în câteva clipe.

Mark își aruncă privirea prin cameră cu un ochi critic. Camera de zi nu se schimbase prea mult de când călcase el în acea casă pentru prima dată.

Câteva nuanțe subtile aminteau de prezența unei femei în casă, dar Liliana nu făcuse prea multe schimbări în decor. Un joc uitat pe marginea unei mese mici îi reaminti de prezența copiilor sub acel acoperiș acum, iar o vază cu un buchet de flori colorate încălzea aerul auster al interiorului.

Mark rânji când observă urma lăsată de glontele ce îi traversase brațul lui Victor pentru a se înfige în cadrul de lemn al peretului. Cum gazda lor tocmai se înapoia cu băuturile lor, detectivul se întoarse spre el.

— Văd că tot mai e gaura aceea în cadrul de lemn, își înclină bărbatul capul spre perete.

Victor surâse ironic și își scutură capul.

— Păi, nu prea am avut chef să o repar, știți, rânji el și își scutură capul. Am lăsat-o acolo, ca un memento, dacă vreți, care demonstrează că nimic nu este sigur sută la sută. Nu știi niciodată ce ar putea aduce ziua de mâine. Plus, mă ajută pentru că mă îmboldește să-mi trăiesc viața din plin în prezent, la o adică. Ziua de mâine poate dispărea într-o clipită, ridică bărbatul din umeri.

— Asta așa este, îl aprobă Anna cu o mișcare a capului.

Nimeni nu știa asta mai bine decât ea. Ultimele câteva luni aproape că-i schimbaseră viața în întregime. Părinții ei se mutaseră spre ținuturi mai calde, lăsând-o singură în marele oraș. Femeia se bucura doar de compania celor două pisici pe care le moștenise de la mama sa, dar ele nu umpleau golul pe care îl resimțea în fiecare seară atunci când închidea ușa de la intrare, iar lumea rămânea de cealaltă parte a ei.

— Oricum, interveni Mark, privind cu un ochi critic ceea ce Victor pusese pe tavă.

Bărbatul oftă în sinea sa când observă cu dezamăgire că Victor nu se obosise să aducă decât ceștile de cafea și câteva doze de suc. După aceea, continuă:

— Ai spus că vrei să discuți cu noi despre ceva. Ai menționat cuvinte ca trafic uman dacă îmi amintesc eu corect, mai adăugă bărbatul.

— Ah, da. Am ceva care v-ar putea interesa, dădu Victor din cap. Dar mai întâi, dă-mi voie să aduc carafa de cafea, iar mai apoi putem discuta și problema asta, spuse el, pentru ca după aceea să o pornească înapoi spre bucătărie, fără să mai aștepte un răspuns de la detectiv.

Mark oftă și se lăsă pe spate. Victor nu se schimbase defel. Totul trebuia să aibă loc conform orarului său personal, iar detectivul știa că nu va avea nici cea mai mică șansă să obțină răspunsuri de la acesta mai devreme.

Detectivul își privi colegii printre gene pentru a le judeca starea de spirit. Le promisese prânzul, dar se părea că nu vor avea parte de așa ceva prea curând.

Complet indiferent la ce se petrecea în jurul său, Josh se holba la ecranul telefonului său. Omul citea Dumnezeu știe ce, iar Mark se încruntă. Colegul său nu spusese nici un cuvânt până în acel moment, iar el se întrebă că îi trecea acestuia prin cap.

Detectivul își întoarse, mai apoi, privirea spre Anna și observă expresia de pe chipul ei. Femeia părea să analizeze motivul floral al covorului cu foarte mare atenție. Mark știa că aceasta îl mai văzuse înainte, așa că acțiunea ei nu părea să aibă sens.

Mark se strâmbă și își întoarse ochii spre ușile franceze ce se deschideau spre terasă. Omul își aminti de orele petrecute cu colegii săi pe acea terasă și regretă că vremea nu le permitea să iasă și în acea zi.

Nemulțumit de toate, Mark își încrucișă brațele peste piept și se resemnă să aștepte ca evenimentele să se desfășoare de la sine. Să aibă parte de un prânzul nu prea părea să fie posibil, așa că spera ca măcar discuția cu Victor să nu dureze prea mult. Atunci, cel puțin, ar fi putut merge să ia masa după aceea.

Victor se întoarse cu cafetiera și începu să toarne cafea, făcând conversație de circumstanță cu musafirii săi. Mark zâmbi, dând din cap, dar nu prea asculta cuvintele ce izvorau din gura gazdei sale.

Îl cunoștea el pe Victor, așa că detectivul nu se aștepta ca acesta să spună nimic important înainte ca fiecare să fie așezat comod cu o ceașcă în mână. Până atunci, Mark simțea că putea să-și lase mintea să cutreiere alte cărări fără teamă.

Gazda le înmână câte o ceaşcă fiecăruia dintre ei, iar mai apoi se aşeză pe sofa alături de Mark.

— Păi, începu el sorbind din ceaşca sa, cred că mai bine trec direct la subiect. Ştiu că nu aveţi voi prea mult timp la dispoziţie. Probabil că aveţi şi alte cazuri de rezolvat, spuse omul, iar sprâncenele i se ridicară interogativ.

— Nu e o problemă, interveni Josh. Avem timp suficient, continuă el, iar Mark strânse din dinţi din cauza frustrării.

Colegul său nu contribuise cu nimic până în acel moment, iar acum, se pomenea că dădea din gură ca o gaiţă. Speranţele lui Mark de a avea un prânz sănătos zburară pe fereastră, alături de cuvintele lui Josh.

— Bun atunci, dădu Victor din cap aprobator. Păi să vă spun despre ce este vorba. Deşi aş fi preferat ca Leah şi Axel să fi fost aici pentru chestia aceasta, dar o să meargă şi cu voi, ridică el din umeri.

Necăjit din cauza cuvintelor omului, Mark îşi îngustă ochii pînă ce ajunseră două fante subţiri. Era posibil ca Leah să se fi dovedit a fi un detectiv excepţional, dar aceasta nu însemna că era singura din departament. Era adevărat că ideile ei îi ajutase destul de mult în trecut. Dar cu toate acestea, până şi Josh mai venea cu o idee bună destul de des, de exemplu.

— Nu mă înţelege greşit, îşi întoarse Victor ochii spre el. Nu vreau să spun că nu eşti un detectiv bun sau că nu aş putea lucra cu Anna sau Josh, îşi scutură bărbatul capul, negând o astfel de posibilitate. Cu toate acestea, Leah şi Axel au anumite abilităţi pe care puţini oameni le au, iar acele abilităţi m-ar fi ajutat în prezentarea întregii tărăşenii, ca să ştiţi.

— Nu îţi fă griji despre aşa ceva, îşi flutură Mark mâna, hotărât să nu mai despice firul în patru. Spune-ne despre ce este vorba şi, dacă este nevoie, îi vom contacta pe Leah şi Axel. Oricum, ar trebui să se întoarcă acasă în vreo câteva zile, aşa că nu ar fi o problemă, ridică el din umeri.

— Nu cred că..., începu Victor, dar mai apoi se auzi soneria de la uşa de la intrare şi omul se opri.

— Aștepți pe cineva? se interesă Mark, surprins că Victor invitase pe altcineva la întâlnirea lor.

— Scuză-mă o clipă, spuse Victor ridicându-se, iar mai apoi părăsi camera de zi.

— Hmm, interesant, nu crezi? murmură Josh către Anna, dar Mark îl auzi și se încruntă în direcția bărbatului.

CAPITOLUL TREI

Se auziră murmure din hol, iar Mark își înclină capul pentru a auzi mai bine. Cu toate acestea, omul nu reuși să înțeleagă ce se discuta, așa că renunță.

Câteva clipe după aceea, Victor se întoarse în încăpere, însoțit de o femeie care îl urma îndeaproape, iar aerul ei oarecum exotic păru să electrizeze atmosfera.

Ochii analitici și reci ai lui Mark o observară pe femeie cu atenție. Bărbatul își cam dăduse seama că, în ultima vreme, își pierduse abilitatea de a se bucura de prezența unei femei frumoase.

De-a lungul ultimelor luni, detectivul începuse să privească toate reprezentantele sexului frumos în același fel, văzându-le pe toate în aceeași lumină ca pe Jen. În consecință, bărbatul întotdeauna se gândea mai întâi la ce fel de secrete negre sau caracteristici oribile ascundea o femeie, așa că nu mai observa absolut nimic altceva în legătură cu ea.

Dar, Mark nu se obosea să pritocească prea mult acea tendință a sa. Oricum, el, unul, se hotărâse să nu mai dea nici un fel de atenție femeilor, cel puțin pentru o vreme. O pauză era întotdeauna binevenită.

Nici de data aceasta, lui Mark nu îi păsă de bogăția părului mătăsos care se revărsa peste umerii femeii, și nici de tenul ei măsliniu. Pe bărbat nu îl interesă nici rotunjimea șoldurilor sau curbura sânilor ei, care ar fi putut stârni visele și dorințele altor bărbați.

Detectivul nici măcar nu observă caramelul topit din ochii ei. Femeia nu reprezenta nimic altceva decât un inamic pe care el trebuia să-l înfrângă, așa că maxilarul bărbatului se împietri, iar lumina din ochii i se oțeli.

— Prieteni, aceasta este Soledad, o prezentă Victor pe femeie detectivilor. Acesta de aici e Mark, un detectiv, așa după cum ți-am spus deja, se întoarse el spre tânăra femeie.

În tăcere, Mark observă schimbul de priviri dintre Victor și Soledad, iar mai apoi își înclină capul scurt, fără a-și dezvălui gândurile prin cuvinte și fără a rosti vreo vorbă de bun venit în fața tinerei femei. În ciuda atitudinii lui, bărbatul își dădu seama că din cauza acelei femei îi chemase Victor acolo.

Gazda remarcă imediat comportamentul neobișnuit al lui Mark față de musafira sa, iar aceasta îl surprinse. Sprâncenele i se ridicară pe frunte din cauza confuziei și jenei resimțite.

Bărbatul își scutură capul ușor, iar mai apoi își aruncă în fugă privirea spre Soledad să vadă ce avea de spus tânăra femeie despre evidenta lipsă de curtoazie vizavi de ea.

Cu surpriză, Victor observă că acesteia nu părea să-i pese. Bărbatul se simți ușurat că tânăra nu arăta nici un fel de reacție la nepolitețea detectivului, atitudinea lui părând să nu o deranjeze.

Știuse el de la început că acea întâlnire nu va fi ușoară, dar, cu toate acestea, Victor sperase ca începutul discuției să fie oarecum diferit. Mark era bine cunoscut pentru felul plin de farmec în care reacționa față de femei, chiar dacă, uneori, bărbatul se dovedea a fi cam stângaci în abordarea sa.

— Aceasta de aici este Anna, arătă Victor spre femeia micuță cu părul roșiatic, care se ridică din fotoliu cu un zâmbet pe buze pentru a-i strânge mâna lui Soledad.

Simțând căldura pe care o emana femeia, Soledad îi oferi detectivei un surâs larg, dezvăluind două șiruri de dinți mari, albi. Imediat, acel zâmbet îl duse pe Mark cu gândul la o reclamă pentru pastă de dinți.

De fapt, tânăra femeie ar fi putut juca în orice fel de reclamă. Ținuta ei, dar și trăsăturile ei fizice o făceau alegerea perfectă pentru televiziune sau film.

Neștiind ce gânduri îi treceau lui Mark prin cap, Anna îi întoarse zâmbetul lui Soledad, starea ei de spirit îmbunătățindu-se considerabil din cauza atitudinii femeii, iar acela era un lucru bun.

Starea de spirit a detectivei se înnegurase din ce în ce mai mult în ultima vreme. Mai mult decât atât, femeia era mult prea flămândă ca să mai gândească cum trebuie, iar comportamentul prietenos al noii venite o ajută să uite că îi era foame.

— Aici este Josh, își termină Victor runda de prezentări, fluturându-și degetele în direcția celui de al treilea detectiv, care se ridică în picioare și strânse politicos mâna delicată a femeii.

Lui Josh îi plăcu ce văzu, mai ales că nu simțea că femeia ar fi prezentat vreo amenințare. Nu părea ea să fie genul de femeie care îl atrăgea, dar nu putea să o acuze pentru așa ceva. Mai mult decât atât, bărbatul nu privea orice femeie cu gândul că aceea ar fi putut deveni o nouă cucerire de-a lui. Abandonase acel fel de-a gândi undeva în trecut, împreună cu anii de adolescență.

— Ia loc, Soledad, o conduse Victor pe tânăra femei spre o sofa pentru două persoane vizavi de detectivi.

Victor o ajută să se așeze de parcă ar fi fost ceva de preț, iar sprâncenele lui Mark se arcuiră în sus, deoarece comportamentul bărbatului părea ieșit din comun.

Gazda lor nu era cunoscut pentru felul politicos de a se comporta față de ceilalți. Faptul că acesta arăta acum solicitudine față de o altă femeie decât soția sa punea multe întrebări în mintea bărbatului.

— Și nu te teme, Liliana trebuie să se întoarcă în doar câteva minute, o asigură Victor pe tânăra femeie pentru că aceasta părea oarecum nehotărâtă, ceea ce era ciudat, din moment ce sosirea ei acolo avea cu siguranță un țel precis, și anume să se întâlnească cu Mark.

Victor trase concluzia că, de fapt, întâlnirea cu detectivii o zguduise pe Soledad un pic. O fi fost femeia în stare să înșele oamenii cu aparența ei calmă, dar Victor avea mai multă experiență în a citi semnele mai ascunse de pe chipul oamenilor.

— Permite-mi să îți torn o ceașcă de cafea mai întâi, continuă omul să își facă datoria sa de gazdă și o porni spre ușă. Liliana mi-ar lua capul dacă aș uita de așa ceva, își mișcă el sprâncenele în direcția femeii, iar Soledad izbucni în râs, scuturându-și capul.

Tânăra femeie îl întâlnise deja pe bărbat în diverse ocazii și trebuia să admită că Victor întotdeauna reușise să o binedispună, indiferent de circumstanțe. Soledad știa că nu trebuia să ia tot ceea ce spunea el ca fiind real, așa că niciodată nu considerase că atitudinea lui față de ea ar fi însemnat altceva decât ceea ce era.

În fond, femeia văzuse cu ochii ei interacțiunile dintre Victor și Liliana. Legătura puternică dintre Victor și soția sa nu lăsa loc la niciun fel de interpretări. Acela nu era un bărbat care căuta distracție în altă parte.

— Nu, nu glumesc, își scutură Victor capul cu amărăciune prefăcută atunci când îi auzi râsetul. Pe bune că mi l-ar lua. Nu aș avea șansa să trăiesc suficient de mult ca să apuc să văd sfârșitul acestei povești, îi explică el cu prefăcută tristețe, scuturându-și capul, iar detectivii izbucniră în râs, dând din cap în semn că erau de acord cu cuvintele lui.

Știau detectivii despre ce vorbea omul când spunea așa ceva. Deja fuseseră martori la câteva certuri între Victor și soția sa și știau că ar fi pariat întotdeauna pe femeie în astfel de circumstanțe. Victor nu avea nici cea mai mică șansă în fața soției sale.

Liliana nu arăta nici un pic de intimidare în fața lui Victor, în ciuda faptului că abia îi ajungea acestuia până la umăr și nu ar fi putut să îi țină piept într-o confruntare fizică. Și totuși, femeia întotdeauna arătase curajul unui luptător. Își susținea opiniile și dorințele din toate puterile. Oricum, Victor devenea un urs dresat atunci când interacționa cu soția sa.

Hohotele de râs ale detectivilor îl ofensară pe Victor, iar omul își flutură mâna în direcția lor cu dezgust, în timp ce încruntarea de pe chipul său se accentuă. Mai apoi, bărbatul ieși cu pași apăsați din încăpere pentru a își exprima părerea pe care o avea despre comportamentul lor.

Cu toate acestea, Victor părăsi camera cu oarecare îngrijorare în minte. Omul nu era orb și percepea mai multe decât alții în circumstanțe similare.

Fost jucător de poker, Victor învățase să citească chipurile oamenilor pentru a desluși cele mai mărunte indicii. În consecință, omul observase neplăcerea instantanee a lui Mark la apariția lui Soledad. Privirea rece pe care detectivul o aruncase noii sale musafire îl îngrijora pe Victor.

Bărbatul auzise prin rețeaua de bârfă despre despărțirea neplăcută a lui Mark de Jen și despre apatia ulterioară a acestuia față de femei, ba chiar și despre faptul că acesta nu mai privea nici o femeie cu ochi buni. Cu toate acestea, până în acel moment, Victor nu avusese ocazia să fie martor la acea nouă atitudine a lui Mark vizavi de reprezentantele sexului frumos, iar aceasta îl îngrjijora.

Dar, în ciuda acelui început neplăcut, Victor spera că vizitatorii săi vor găsi un teren comun de-a lungul absenței lui de două minute din încăpere. Ce urma să se întâmple după aceea, numai Dumnezeu știa. Insolența lui Mark nu părea un bun indicator pentru rezultatul pe care Victor încerca să îl obțină în acea zi.

După plecarea sa, Soledad se așeză pe marginea sofalei ca și cum s-ar fi aflat pe picior de plecare. Femeia părea gata să sară de pe pernele sofalei și să țâșnească afară din încăpere la primul semn că s-ar fi ivit vreo problemă.

Într-adevăr, așa se și simțea. Tânăra femeie nu prea se simțea în largul ei, având-l în fața ochilor pe Mark, ale cărui trăsături păreau tăiate în piatră. Bărbatul clar încerca să transmită un mesaj limpede privind prezența ei acolo.

Soledad simțise că detectivului nu-i surâdea apariția ei în casa lui Victor. Vibrațiile negative puternice venind dinspre Mark o asaltau, iar femeia se întrebă ce putea omul să aibă împotriva ei pentru că nu se întâlniseră niciodată înainte. Putea să jure că niciodată nu li se încrucișaseră drumurile.

Soledad ar fi putut încerca să facă o mică incursiune în gândurile bărbatului, dar se hotărâse să nu încerce acel lucru. Femeii îi displăcea orice fel de intruziune de acel fel și întotdeauna evita cercetarea gândurilor vreunei persoane dacă nu avea o cauză solidă. Mai mult decât atât, o astfel de acțiune nu ar fi corespuns nici unuia dintre principiile pe care femeia le respecta cu strictețe.

Tânăra femeie se simțea, însă, cu adevărat inconfortabil sub privirea înghețată a detectivului. Dar, ea venise acolo tocmai pentru a vorbi cu polițiștii, așa că, dacă ei nu o doreau acolo, ea nu le putea îndeplini dorința. Trebuiau să trăiască cu propria lor neplăcere. Soledad avea ceva de spus și intenționa să îi facă să o asculte.

— Lucrezi la spital cu Liliana? se gândi Anna să o întrebe pe tânăra femeie după vreo câteva momente.

Tăcerea se prelungise mult prea mult, iar Victor părea să nu se grăbească defel să se întoarcă în camera de zi cu o ceașcă și o farfurie pentru noua sa musafiră.

— Da, așa este, răspunse Soledad, iar un surâs mare îi dezvălui din nou dinții. Cel puțin într-un fel, se corectă ea, fluturându-și mâna dreaptă și întorcându-și palma în sus.

— Ce vrei să spui? se aplecă Josh în față, iar curiozitatea i se citea pe chip.

Bărbatul prefera ca lucrurile să fie întotdeauna clare. Ori de câte ori cineva îl lăsa să ghicească ce vroia să spună, se simțea cumva înșelat.

— Ei bine, lucrăm în același spital. Am început rezidența împreună, dar acum avem specialități diferite, îi explică Soledad detectivului, ridicând din umeri.

— Care e specialitatea ta? se interesă Anna în timp ce își luă ceașca de cafea de pe masă și o ridică la buze.

Femeia se gândea că dacă tot nu se ivea nici un fel de prânz, cel puțin își putea amăgi foamea cu ceva cafea.

— Sunt în rezidență la psihiatrie, îi răspunse Soledad, iar sprâncenele lui Mark se curbară în sus.

Bărbatul nu s-ar fi gândit că femeia ar fi ales așa ceva. Tânăra femeie părea genul care ar fi ales dermatologie sau ceva similar, o specialitate care nu ar fi cerut ca Soledad să își consume prea mult din timpul ei.

Femeia părea să fie cam superficială pentru o astfel de specialitate. Mark își imaginase întotdeauna că un pisihiatru trebuia să fi arătat altfel. Un astfel de doctor ar fi purtat obligatoriu ochelari și ar fi avut o pată de chelie în vârful capului. O aparență contemplativă a chipului ar fi fost, de asemenea, necesară pentru a completa ansamblul.

Acea femeie reprezenta complet opusul acelei imagini. Părul ei lucitor și bogat, precum și acel zâmbet nesuferit, care îi ridica colțurile buzelor pline, erau la mii de ani lumină față de ceea ce detectivul își imaginase.

Bărbatul se enervă pentru că o judecase greșit pe femeie, dar mai apoi se gândi mai bine. În fond, specialitatea acesteia nu însemna mare lucru. Indiferent de ce făcea aceasta în viața ei profesională, Soledad tot putea fi o aiurită cu gânduri de mărire. Mark nu avea de unde să știe dacă tânăra femeie era și în stare să își facă treaba așa cum trebuia.

— Asta e... interesant, își flutură Josh degetele, în timp ce ochii i se rotunjiră cu uluire.

Nici el nu ar fi crezut că Soledad ar fi ales acea specialitate, deși procesul lui de gândire era complet diferit de al lui Mark. Josh nu credea că femeia părea superficială. Cu toate acestea, el tot nu putea să o vadă având de-a face cu pacienții cu traume emoționale din secția de psihiatrie.

— Este fascinant, se decise Soledad să spună cu un zâmbet anemic, deși, fără să încerce, tot le citise gândurile celor doi bărbați cu acuratețe.

Dar, de multă vreme, tânăra femeie învățase să facă față la asemenea opinii. Cei doi detectivi nu erau primii care o priveau și decideau imediat împotriva abilităților ei ca psihiatru.

— Întodeauna am fost captivată de psihicul uman, le explică ea, ridicând din umeri. Mai mult decât atât, mi-e cam dificil să fac față rănilor reale și însângerate, de exemplu, le mărturisi tânăra femeie, înroșindu-se la chip.

Anna izbucni în râs și își scutură capul cu neîncredere.

— Atunci cum de ai trecut prin școala medicală? o întrebă ea cu confuzie.

Anna știa că atât sângele cât și priveliștile oribile reprezentau meniul zilnic din viața unui student la medicină.

— Cu multă voință, îi răspunse Soledad pe un ton sec, iar Josh scuipă cafeaua pe care tocmai o sorbise.

Imediat, Soledad se aplecă peste măsuța de cafea pentru a lua un șervețel, iar după aceea, se îndreptă spre Josh cu pași egali și i-l întinse.

— Poftim.

Detectivul puse ceașca înapoi pe masă și, cu recunoștință, luă , șervețelul din mâna ei.

— Îmi pare rău dacă te-am șocat, remarcă femeia cu nonșalanță, întorcându-se înapoi la locul ei.

Omul își șterse fața și cămașa, iar apoi spuse:

— Nu m-ai șocat, ca să spun așa. Dar, cu toate acestea, cuvintele tale m-au cam surprins, își scutură el capul. Nu m-aș fi așteptat la un asemenea răspuns, admise el.

— Poate că nu, se arătă tânăra femeie de acord cu cuvintele lui. Dar aceasta nu înseamnă că nu sunt adevărate, adăugă ea, aplecându-și capul spre dreapta, privind drept în ochii detectivului. Întotdeauna mi-am dorit să studiez psihiatria, iar pentru aceasta, însemna că trebuia să merg la școala de medicină, dădu ea din mână. Nu aveam cum să evit chestia asta, chiar dacă știam că sunt un pic sensibilă la anumite lucruri.

Trebuia să trec și prin așa ceva dacă voiam să ajung aici. Asta este tot, sublinie ea cu o altă ridicare neglijentă din umeri.

Mark o privi gânditor. Femeia picta, cu convingere, o imagine foarte interesantă despre sine. Cu toate acestea, bărbatul se cam îndoia că ar fi fost cazul ca ei să și creadă că aceasta era reală.

Puțini oameni reușeau să-și depășească temerile doar pentru a atinge un obiectiv specific. Cei mai mulți preferau să aleagă calea cea mai ușoară și se țineau de ea.

Soledad observă privirea cinică din ochii detectivului și își ridică o sprânceană, provocându-l să o contrazică. Femeia percepea neîncrederea lui Mark față de cuvinele ei. De fapt, bărbatul îi respingea explicația pe față.

Își imagină ea că detectivul avea un motiv valid pentru asta și că, de aceea, ar trebui să nu îl judece prea aspru. Prin virtutea profesiei alese, Soledad știa că oamenii rareori își controlau cele mai adânci temeri sau principii.

Dar, în acel moment, Soledad nu se simțea prea generoasă. Nu dormise decât vreo patru ore după ce lucrase două ture, una după alta. Iar după acceea, făcuse tot drumul până acolo, doar ca să discute cu detectivii.

Tânăra femeie deja trăsese concluzia că detectivul principal nu o putea suferi, iar aceasta doar din cauză că se petrecuse ceva în trecutul său, fără nici o legătură cu ea. Acel lucru nu îi prea surâdea, mai ales considerând ceea ce avea ea de spus. Avea nevoie ca Mark să se găsească de partea ei, dar se temea că visa la prea mult.

— Așa ceva chiar cere multă voință, observă Josh dând din cap. Eu, unul, nu cred că aș fi putut să o fac. Vreau să spun că mi-e teamă și de ace. Nu pot să văd un ac nici atunci când nu mi-este destinat. Așa că, nici nu m-aș gândi să lucrez într-un loc similar domeniului medical, sublinie el.

— Și cu toate astea, o faci, murmură Soledad, privindu-l pe bărbat printre gene.

— Pardon? i se ridicară sprâncenele lui Josh sus pe frunte, bărbatul gândindu-se că nu-i auzise bine cuvintele.

Soledad îi oferi un zâmbet mic, privindu-l cu ochi serioși preț de câteva clipe. Mai apoi, își flutură mâna și spuse:

— Păi, mă cam îndoiesc că nu ai avut ocazia să dai peste oameni răniți în timpul... misiunilor tale. Așa cred că se numesc, își apleacă ea capul interogativ.

Josh o aprobă cu o mișcare ușoară a capului, deși nu părea prea sigur unde voia ea să ajungă cu acea linie de discuție. Acea incertitudine o determină pe Soledad să-i surâdă bărbatului cu și mai multă căldură.

— În fine, acei oameni au nevoie de atenție medicală, își continuă ea gândul. Uneori, acea îngrijire medicală este oferită la fața locului, iar în cele mai multe cazuri, și tu ești martor la ceea ce se petrece. Nu poți opri totul spunând *Hei, trebuie să plec chiar acum. Nu pot să văd ace.* Nu-i așa? se interesă femeia, deschizându-și brațele și arătându-și palmele, în timp ce sprâncenele i se arcuiră interogativ deasupra ochilor, așteptând ca bărbatul să-i răspundă.

Josh își scutură capul preț de câteva momente, iar apoi râse.

— Mda, ai dreptate. Desigur că nu pot spune așa ceva. Băieții mi-ar și da numele de *iepure speriat* cât ai bate din palme. O asemenea poreclă are tendința să se lipească de oameni, doar știi, explică el cu tristețe prefăcută.

— Iar aceasta înseamnă că și tu îți poți exersa voința, trase Soledad concluzia cu emfază, din nou aplecându-și capul pe o parte.

— Presupun că ai dreptate, își strânse Josh buzele și, îngustându-și ochii, pritoci cuvintele ei.

Niciodată nu se gândise el la așa ceva, dar femeia avea dreptate. De nenumărate ori se găsise într-o astfel de situație.

— Vezi tu, teama de a nu ne face de râs, de exemplu, ne poate împinge să facem multe lucruri, ridică Soledad din umeri. Așa că voința ne ajută, își încheie ea demonstrația.

Mark se lăsă pe spate pe sofa și o privi pe tânăra femeie cu o lucire de interes în ochi. Soledad părea să posede multă disciplină, ceea ce el renunțase, de ceva vreme, să mai asocieze cu reprezentantele sexului frumos. Din propria sa experiență, acestea își doreau să aibă totul și asta exact în momentul în care își exprimau dorința.

De exemplu, Jen se dovedise a fi sclava propriilor ei dorințe. Da, și fosta sa iubită era în stare să își urmărească țelul până la capăt atunci când își dorea ceva, dar numai dacă acel lucru i-ar fi oferit o recompensă financiară de un anumit gen, iar aceasta într-o perioadă foarte scurtă de timp.

Femeia nu avea tăria să se lupte cu stoicism pentru nimic ce ar fi necesitat prea multă muncă și sudoare. Ea nici măcar nu s-ar fi gândi să se pună în situații neplăcute, indiferent de rezultatul posibil. O creatură ahtiată după confort, Jen nu ar fi trecut prin iad doar pentru a-și construi o carieră într-un domeniu anume.

Soledad discuta cu Josh, dar, în același timp, cu coada ochiului observa, tot timpul, limbajul corpului lui Mark. Femeia știa că acel bărbat reprezenta cheia pentru a obține ceea ce avea ea nevoie, iar pentru a reuși în întreprinderea sa, trebuia să îl înțeleagă și să îi manipuleze punctele slabe.

Femeii nu îi surâdea deloc să analizeze acea idee prea mult din moment ce aceasta suna mult prea mercenar pentru ea. Cu toate acestea, ea considera că situațiile lipsite de speranță necesitau o abordare mai decisivă.

Acum, reacțiile lui Mark o surprinseră, iar tânăra femeie abia reuși să își țină sub control orice gest ce ar fi putut să îi dezvăluie uluirea. Bărbatul păruse complet absent, cu gândurile în altă parte, dar, brusc, în ochi îi strălucea interesul.

Lui Soledad i-ar fi plăcut să știe ce-i trecea detectivului prin minte. Dacă nu ar fi avut principii destul de solide, femeia ar fi făcut o incursiune rapidă prin mintea lui.

Ceea ce o necăjea cel mai mult pe Soledad era faptul că ea, una, nu ar fi crezut că Mark ar fi fost genul de om care să aprecieze munca sârguincioasă și dedicația. Cu trăsăturile sale boeme, acesta o ducea cu gândul la un bărbat care ar fi apreciat mult mai mult fluturii și zilele toropite de lene undeva pe o plajă. A munci din greu nu ar fi avut nici o semnificație pentru o astfel de persoană.

— Și îți place ce faci acum? o întrebă Anna pe Soledad, curioasă să afle cum se desfășura cariera tinerei femei.

Ea, una, își imaginase întotdeauna că a lucra într-o secție de psihiatrie însemna să ai multe dureri de cap. Nu ar fi fost prea vesel. În afară de aceasta, Anna auzise că viața de rezident la spital era similară iadului pe pământ.

— Oh, da, îi zâmbi Soledad detectivei cu căldură. Este exact ceea ce îmi doream. Psihicul uman este atât de... divers, îi explică ea cu pasiune în voce. Pot să îți garantez că nu există nici măcar un moment de plictis în această profesie, gesticulă tânăra femeie pentru a-și sublinia cuvintele.

În timp ce vorbea, Soledad privi de la unul la celălalt pentru a-i include pe toți în coversație. Când ochii îi căzură pe Mark, femeia observă neîncrederea din ochii lui și inspiră profund pentru a-și calma supărarea bruscă. În fond, omul avea dreptul la propriile sale opinii.

Și totuși, tânăra femeie nu voia să lase lucrurile așa cum erau și să le dea vreo impresie greșită, așa că spuse:

— Totuși, trebuie să admit că ai ocazia să trăiești și destule momente triste în această profesie.

După aceea, femeia își strânse buzele preț de câteva clipe, gândindu-se la ce ar fi putut spune pentru a-i face să înțeleagă mai bine cam ce însemna totul pentru ea. Soledad nu-și dădea seama de ce așa ceva părea extrem de important pentru ea și nici nu reuși să își facă vreo idee legată de dorința subită de a se explica.

Până la urmă, ea continuă:

— Cu toate acestea, încerci un sentiment de împlinire atunci când reuşeşti să faci şi cel mai mic progres chiar şi în acele cazuri.

— Mă bucur pentru tine, nu se putu Mark abţine să nu spună cu sarcasm uşor. Noi avem multe cazuri în care nu putem să avem nici un impact pozitiv, observă el cu amărăciune. Mă bucur că nu te găseşti în aceeaşi oală ca şi noi, adăugă el pe un ton rece, iar femeia resimţi cu acuitate reproşul din vocea lui.

Soledad îşi aplecă capul pe o parte şi îl privi cu detaşare.

— Din cuvintele tale reiese că nu îţi prea place munca pe care o faci, observă ea. Ştii, când cuiva nu îi mai place ceea ce face, atunci e momentul să facă o schimbare. Poate că vei găsi ceva mai potrivit şi, astfel, te vei scuti de durerile de cap, menţionă femeia, ridicând din umeri.

Femeia ştia că bărbatul avea impresia că îi ţinea o predică, dar replicile individului începuseră să o cam agaseze, aşa că trebuia să îi răspundă într-un fel.

În următoarea secundă, trăsăturile detectivului se schimbară, tensiunea citindu-i-se pe chip, iar în ochi îi apărură scântei.

Mark fierbea de nervi şi simţea impulsul de a striga la Soledad şi de a-i spune cam ce gândea el despre opinia ei. Omul nu înţelegea cum de îndrăznea femeia să îi ofere sfaturi fără să ştie, în fond, nimic despre el. Până la urmă, furia sa câştigă.

— M-ai întâlnit când? Cel mult acum zece minute? se interesă poliţistul pe un ton îngheţat. Şi consideri că ai toate informaţiile necesare pentru ca să mă analizezi? Să îmi dai sfaturi? continuă el cu dispreţ în voce, îndreptându-şi fulgerele din ochi spre chipul femeii.

Ceilalţi doi detectivi îşi întoarseră privirile spre Mark şi îl priviră surprinşi. Într-adevăr, detectivul păruse cam întunecat în ultima vreme, iar ei doi îşi puseseră deseori întrebări despre starea lui de spirit. Dar, cu toate acestea, colegii săi nu se aşteptaseră ca bărbatul să ia atât de personal o simplă conversaţie într-un mediu social.

— Departe de mine gândul să îţi ofer orice fel de sfat, îi răspunse tânăra femeie cu calm, scuturându-şi capul şi fluturându-şi mâna. În mod normal, nu fac așa ceva nici dacă ar fi vorba despre cineva pe care-l cunosc de cel puțin zece ani, avu ea grijă să adauge. Spuneam doar că, de obicei, o metodă bună pentru a scăpa de stres este să faci o schimbare în viața ta. Aparent, problema stresului în cazul tău pare să fie profesia.

Tânăra femeie îl privi pe Mark pătrunzător, făcând o pauză în discursul său, pentru a-i permite bărbatului să pritocească cele spuse de ea.

— De fapt, asta este cam ceea ce ai dat chiar tu de înțeles, deși nu în atât de multe cuvinte. De aceea, mi se pare rezonabil să consider că ceea ce ar trebui să schimbi este slujba pe care o ai. Oricum, alegerea trebuie să fie a ta. Cine știe, poate că succesul tău stă tocmai în a avea stres la locul de muncă. De unde să știu eu? ridică ea din umeri cu indiferență. Deci, nu, eu, una, nu am cum să îți ofer o soluție. Nimeni nu poate, de fapt. Tu ești singurul care poate aprecia ce ar trebui să faci, sublinie Soledad, aplecându-și capul spre dreapta, țintindu-l cu ochii ei întunecați de caramel topit.

— Atunci sântem, în sfârșit, de acord, îi răspunse bărbatul cu sarcasm vizibil. Eu sunt cel ce trebuie să aleagă ce să facă, iar tu trebuie să îți ții gura închisă, spuse el pe un ton nepoliticos, îndreptându-și degetul în direcția lui Soledad.

— Chiar apreciez maniera ta de a aborda această chestiune, nu se putu femeia abține să nu remarce pe un ton disprețuitor. Ar fi fost, însă, mult mai bine, dacă am fi reușit să menținem această conversație politicoasă. Cu toate acestea, înțeleg că există oameni care nu au niciun concept de politețe, adăugă ea, iar un zâmbet subțire îi curbă ușor buzele.

Cu satisfacție meschină, Soledad observă că una din ploapele omului zvâcnea și se simți răzbunată. Probabil că individul considera că o poate intimida cu atitudinea lui grosolană, dar măcar acum își dăduse seama că nu-i mergea chiar așa cu ea.

Soledad crescuse cu doi frați mai mari destul de insuportabili așa că, să țină piept cuiva îi intrase în obicei.

Neplăcut impresionat de răspunsul femeii, Mark arăta ca și cum ar fi vrut să mai adauge ceva, dar, mai apoi, Anna își scutură capul în direcția sa. Femeia considera că deja detectivul își săpase o groapă suficient de adâncă pentru a se îngropa în ea. Era momentul ca acesta să renunțe să mai adauge altceva.

— Mă întreb de ce nu s-a mai întors Victor, interveni Josh, căutând o cale de a dezamorsa situația.

Conversația luase o cotitură explozivă, iar bărbatul se cam temea să vadă care ar fi fost rezultatul final.

— Mă îndoiesc că durează câteva ore pentru a aduce o ceașcă și o farfurioară, adăugă Josh cu sarcasm.

— Poate că face una din argilă chiar acum, mormăi Mark cu iritare, dar, mai apoi, se gândi că acea eventualitate nu ar fi fost prea departe de realitate, pentru că, altfel, prietenul lor s-ar fi întors deja cu amărăciunea aceea de ceașcă până atunci.

Soledad analiză trăsăturile bărbatului pe sub gene, cu interes ascuns. Femeia îi putea detecta trepidația și se întreba de ce oare omul părea să aibă furnici în pantaloni.

Se părea că bărbatul nu părea mulțumit de absolut nimic. Mai mult decât atât, acesta își purta dezamăgirile la vedere, astfel că toată lumea devenea conștientă de ele. Cu toate acestea, tânăra femeie era sigură că Mark nici măcar nu își dădea seama de ceea ce făcea. Detectivul probabil se considera un maestru în a-și ascunde sentimentele sub o mască de indiferență.

Soledad găsea că Mark era enervant, dar și fascinant în același timp. Și totuși, femeia decise să nu testeze acele ape. Știa ea că ar fi fost doar o pierdere de vreme pentru ea. Bărbatul se arsese rău în trecut, iar acel lucru era evident. Rănile încă îi mai sângerau, iar sufletul lui purta cicatrici care necesitau mult timp pentru a se vindeca. Soledad nu avea timpul să îi consoleze acestuia inima rănită sau egoul.

Când pași grei răsunară pe coridor, toți cei din încăpere se înviorară. Abia așteptau să pună capăt la acea conversație, care începuse destul de inocent, numai pentru a se încheia în reproșuri și sarcasm.

CAPITOLUL PATRU

Îmi cer scuze, dragilor, tună vocea lui Victor când acesta pătrunse în încăpere. Am primit un apel de la birou. Voiau să știe ce s-a mai întâmplat într-unul dintre cazurile mele, ridică bărbatul din umeri, gesticulând cu mâna în care ținea ceașca pe care o adusese pentru Soledad.

Aparent, de data aceasta, bărbatul uitase complet farfurioara pe care ar fi trebuit să o aducă împreună cu acea ceașcă de cafea, iar cei din încăpere zâmbiră. Victor era un om mai deosebit. Atitudinea lui deschisă și cuvintele dintr-o bucată deveniseră legendă în grupul lor.

Cu toate acestea, Anna se întrebă cam ce ar fi avut Liliana de spus atunci când aceasta s-ar fi întors acasă. Femeia ar fi observat imediat că normele de etichetă fuseseră încălcate și i-ar fi ținut soțului ei o predică zdravănă.

Victor puse ceașca de cafea pe masă, iar mai apoi trase o altă măsuță mai mică dintr-un colț. Fără să spună nici un cuvânt, bărbatul o așeză în fața lui Soledad, iar mai apoi se întoarse pentru a turna cafea în ceașca ei.

Bărbatul dorea să termine cu chestiile acelea plictisitoare cât mai curând posibil și să treacă la discuții mai importante. Știa el că va trebui să țină piept opoziției lui Mark, așa că, cu cât începeau discuția mai curând, cu atât mai repede se va putea încheia acel circ.

— Soledad a venit aici pentru că trebuie să discute cu tine, Mark, spuse Victor în timp ce turnă cafea în ceașcă cu intenția de a i-o da, după aceea, tinerei femei. Ea îți poate explica totul mult mai bine decât aș putea eu, dar este important să vă păstrați mintea deschisă, îi avertiză el pe detectivi. Păcat că Leah și Axel nu sunt în oraș acum, își scutură Victor capul cu regret în timp ce se îndreptă cu ceașca plină de cafea înspre Soledad și i-o puse în față. Ei ar fi înțeles situația mult mai ușor, spuse bărbatul cu un oftat, în timp ce luă loc pe un fotoliu.

— Sunt destul de sigur că și eu sunt capabil să pricep aceleași concepte ca și ei, îi răspunse Mark cu arțag, sătul să tot audă că abilitățile lui Leah erau mai presus de ale lui.

Evident că femeia era mai pricepută în profesia ei decât el, dar aceasta nu însemna să i se tot reamintească acel lucru tot timpul.

— Eu nu vorbesc despre capacitatea ta de a pricepe anumite concepte, Mark, îşi scutură Victor capul cu resemnare. Vei vedea despre ce este vorba când va începe Soledad să vorbească. După aceea, îţi voi spune ce investigaţii am făcut eu şi ce am găsit, îl asigură omul pe detectiv.

— Atunci dă-i drumul, spuse Mark pe un ton rece, gesticulând în direcţia lui Soledad. Spune-ne despre ce este vorba, adăugă el, aruncându-i o privire piezişă.

Adevărul era că Mark făcea mari eforturi să nu remarce căpruiul mătăsos al ochilor femeii sau buzele ei pline. Soledad reprezenta o ispită reală pentru el, iar el, unul, deja jurase să nu se mai lase ademenit de astfel de lucruri. Nu merita ceea ce urma să vină. Femeile frumoase, de obicei, se dovedeau a avea suflete negre.

Tânăra femeie îşi încreţi nasul, nemulţumită de atitudinea detectivului. Bărbatul începuse să o cam calce pe nervi, iar ea se cam săturase de proasta lui dispoziţie deja.

Problema era, însă, că avea nevoie de cooperare lui, aşa că trebuia să îşi ţină gura închisă şi să nu-i spună ce părere avea despre atitudinea lui. Soledad nu-şi putea permite să-l supere pe Mark chiar de la început. Avea ea suficient timp să o facă după aceeaşi îşi promise să îl facă să plătească cu vârf şi îndesat pentru comportamentul său faţă de ea.

Soledad îşi luă ceaşca de cafea de pe masă pentru ca să-şi ocupe mâinile cu ceva, iar mai apoi sorbi din lichidul aproape rece. Victor se întorsese cu prea multă întârziere de la bucătărie cu acea ceaşcă. Femeia se strâmbă, dar mai apoi strânse cana în căuşul palmelor şi începu să vorbească.

— Cam ca marea parte a oamenilor din Toronto, şi eu provin dintr-o familie de imigranţi, una cu originile în America de Sud, spuse tânăra femeie, privind de la unul la celălalt. Cu toate acestea, eu fac parte din a doua generație de imigranți. Desigur, mai am încă familie în America de Sud, îi informă ea, ridicând din umeri cu oarecare indiferență.

Mark își flutură mâna, invitând-o să își încheie introducerea și să își înceapă relatarea privind subiectul pe care voia să îl discute cu ei.

Soledad strâmbă din nou din nas, dar se hotărî să nu muște din momeală. Privi din nou de la unul la celălalt, iar mai apoi spuse:

— În fine, una dintre verișoarele mele, mai mare decât mine cam cu cinci ani, a imigrat în Canada doar anul trecut. Verișoara mea, Amelia, a venit aici singură, doar cu cele două fiice ale sale. De fapt, ea a divorțat cam acum zece ani, le spuse Soledad, hotărâtă să le dea toate detaliile de care ar fi putut avea nevoie.

— Știi că noi nu sântem de la imigrare, interveni Mark pe un ton sec.

— Așa speram și eu, i-o întoarse Soledad cu iuțeală, înainte ca Victor să poată interveni.

Lucirea răutăcioasă din ochii gazdei lor nu anunța vești prea bune, iar tânăra femeie avusese deja ocazia să vadă felul în care putea reacționa bărbatul atunci când ceva nu prea mergea după cum dorea el. Soledad nu dorea să vadă o repetare a acelor acțiuni chiar atunci, chiar dacă detectivul încerca din toate puterile să fie cât mai nepoliticos cu ea. Ea, una, nu simțea nici cea mai mică dorință de a-l vedea pe Victor înfigându-se în polițist.

— Și atunci despre ce este vorba? se interesă Mark cu nerăbdare în voce.

— Dacă lași femeia să vorbească, poate ai afla mai curând, se răsti Victor la prietenul său pe un ton furios.

Sprâncenele bărbatului se adunaseră deasupra nasului său, iar sclipirile din ochii lui anunțau că acesta era la un pas de a exploda.

— Desigur, își ridică Mark mâinile, nedorind să îl incite pe Victor, știind că omul avea temperamentul unui urs, atunci când avea o zi bună, și, evident, nimeni nu își dorea să aibă de-a face cu el atunci când își pierdea cumpătul.

— Te rog, continuă, o invită el pe Soledad să vorbească, dar sarcasmul din tonul său îi contrazise invitația.

Soledad își îngustă ochii, privindu-l printre cele două fante înguste, iar apoi își scutură capul cu dispreț. Dacă nu ar fi avut nevoie de polițiști, deja ar fi renunțat să mai vorbească. Mark îi încerca răbdarea cu adevărat.

— Ei bine, cea mai mare dintre nepoatele mele a dispărut acum o lună, le spuse Soledad.

— Ai informat deja poliția? o întrebă Anna cu îngrijorare autentică, aplecându-se ușor în față.

Detectiva observă imediat schimbările subtile din postura lui Soledad. Chipul acesteia devenise imobil, aducând cu o mască, iar umerii femeii îi trădau tensiunea.

— Desigur că am făcut acest lucru imediat, aprobă tânăra femeie cu o înclinare a capului înspre detectivă. Verișoara mea și-a pierdut cumpătul, iar eu a trebuit să mă ocup de tot, spuse ea cu tristețe. Doar cu două luni în urmă, Camilla a împlinit șaisprezece ani, își desfăcu Soledad mâinile cu mâhnire. Este un copil bun, își flutură ea mâna. Desigur, Camilla are temperamentul unei adolescente, dar nimic ieșit din comun, avu ea grijă să sublinieze.

Soledad nu voia ca ei să creadă că fata doar a fugit de acasă, așa cum insinuaseră ofițerii de la poliție cu care vorbise în ziua în care fata dispăruse.

— Și care a fost rezultatul investigației? o întrebă Mark pe un ton aspru.

Bărbatul deja observase umezeala din ochii lui Soledad. Spera că femeia nu va începe să plângă și, de aceea, se hotărâse să nu o mai necăjească. Cu toate acestea, nu putea să devină, brusc, blând și tandru și să o țină de mână.

Tânăra femeie aruncă o privire neagră în direcția lui Mark, dar își recâștigă calmul. Știa că nu își putea permite să își lase lacrimile să cadă în fața acelui bărbat. Acesta era atât de sumbru că, probabil, ar fi alungat-o din casă cu hohotele sale de râs. În afară de aceasta, avea și ea mândria ei și trebuia să și-o respecte.

Soledad își flexă degetele în jurul ceștii pentru a mai ușura din tensiunea ce o resimțea în trup, iar apoi, cu o scuturare a capului, le explică:

— Poliția nu a putut găsi nici măcar o urmă de-a ei. A fost ca și cum ar fi dispărut în neant.

Tânăra femeie își mai scutură o dată capul, incapabilă să înțeleagă cum de era posibil ca o tânără fată să fi putut dispărea în acel fel în oraș.

Se opri preț de câteva clipe și își umezi buzele în lichidul călduț pentru a mai câștiga ceva timp. După aceea, tânăra femeie își întoarse, din nou, privirile spre detectivi. Soledad le întâlni ochii curioși, iar mai apoi, cu o scurtă mișcare a capului, își continuă relatarea.

— Nepoata mea s-a dus la Parkview Mall cu alte două fete într-o sâmbătă după-masă. Cele trei fate s-au uitat prin vitrine pentru o vreme, iar apoi s-au oprit la food court să mănânce ceva, spuse ea, pentru ca după aceea să se oprească din vorbit pentru un moment.

Tânăra femeie își umezi buzele în lichidul din ceașcă din nou, chiar dacă nu simțea nici o plăcere să bea cafeaua stătută. Cu toate acestea, cana aceea o ajuta foarte mult și era bine că o avea la îndemână. O putea folosi pentru a-și aduna gândurile și pentru a-și recăpăta calmul.

Polițiștii așteptară în tăcere pentru ca femeia să reînceapă să vorbească. Chiar și Mark înțelese că trebuie să fi fost foarte dificil pentru ea să relateze ceea ce se întâmplase în acea zi, așa că, de data aceasta, își ținu gura închisă.

Dintr-o dată, Soledad își ridică fruntea de deasupra ceștii și continuă:

— Se pare că, acolo, la food court, doi tineri s-au apropiat de ele și au inițiat o conversație cu fetele. Dar, uneia dintre cele trei fete nu le-a surâs compania lor și s-a hotărât să plece. Mai târziu, aceasta le-a spus polițiștilor că bărbații păreau prea mieroși, dacă știți ce vreau să spun, tânăra femeie își aruncă privirea de la un ofițer de poliție spre celălalt, încercând să își dea seama cam ce gîndeau aceștia.

Anna dădu din cap afirmativ, iar Josh îi urmă exemplul. Mark se mulțumi să își fluture mâna și să o invite să continue să vorbească. Bărbatului îi era teamă ca nu cumva să spună ceva nepotrivit din nou.

— În sfârșit, fata aceea s-a supărat când prietenele ei au refuzat să plece cu ea, spuse Soledad. Într-un fel, este de înțeles, ridică ea din umeri. În fond, fata își avertizase prietenele că se găseau într-un oarecare pericol, iar ele nici măcar nu s-au obosit să o asculte, spuse tânăra femeie.

După aceea, ea se opri pentru o clipă și își scutură capul.

— În fine, poate că nu le-a avertizat cu adevărat, dar intenția ei pare să fi fost suficient de clară. În sfârșit, fata a plecat acasă, iar nepoata mea și cealaltă adolescentă au rămas cu cei doi indivizi, continuându-și conversația cu ei. Nici una dintre cele două fete nu s-a mai întors acasă și nimeni nu a mai auzit nimic despre ele de atunci, le spuse Soledad, iar ochii i se umplură de tristețe.

Femeia își coborî capul pentru o clipă ca să-și revină și să se adune. Prea multe emoții îi copleșeau mintea, iar nodul din gât o împiedica să mai vorbească. În afară de aceasta, simțea amenințarea lacrimilor care abia așteptau să îi cadă pe obraji, iar ea, una, nu se simțea suficient de confortabil în prezența polițiștilor pentru a-i lăsa să o vadă astfel. Soledad inhală și expiră de câteva ori până ce simți că momentul de criză a trecut, folosind o tehnică de relaxare pe care le-o arăta și pacienților săi.

Ofițerii de poliție îi respectară tăcerea chiar dacă nu se simțeau nici ei prea în largul lor. Observaseră deja durerea profundă de pe trăsăturile lui Soledad, înainte ca aceasta să-și fi coborât capul. De altfel, ei știau că nu îi era deloc ușor femeii să povestească despre ceea ce i se întâmplase nepoatei sale, așa că se deciseră să o lase să o facă în propriul său ritm.

— Deci, cam asta a aflat poliția, își ridică Soledad capul, iar ochii ei se loviră de privirea impenetrabilă a lui Mark. Nimic altceva, adăugă ea pe un ton din care răzbătea disperarea prost ascunsă.

Atunci când poliția începuse investigația în disparația fetelor, tânăra femeie sperase că eforturile lor vor scoate la iveală mult mai mult.

— Deci nu au găsit nici măcar o urmă a celor două fete? o întrebă Anna cu uluire, în timp ce sprâncenele i se cocoțară sus pe frunte.

Femeii nu îi prea venea să creadă așa ceva. Întotdeauna se putea descoperi vreo informație. Poate că poliția nu putea ajunge prea departe cu indiciile pe care le avea, dar cel puțin ar fi putut afla ceva mai mult. Oamenii nu dispăreau pur și simplu în neant.

— Nu, nimic, își scutură Soledad capul cu dezamăgire. Au pus întrebări desigur. Înțeleg că au și vizionat camerele de securitate de la mall. Dar nu au văzu decât cum fetele și cei doi bărbați au părăsit food court-ul și au ieșit printr-una din ușile laterale. Mișcările nu le-au putut fi umărite ulterior, spuse tânăra femeie, strîngându-și buzele cu necaz.

Futilitatea situației părea să o fi doborât pe tânăra femeie. Aceasta nu putea înțelege cum de nimeni nu văzuse sau auzise altceva. Și cu toate acestea, Soledad tot mai spera că poliția va mai descoperi ceva într-o bună zi.

— Îmi pare rău, Soledad. Nu vreau să par prea nesimțitor, interveni Mark pe un ton calm la câteva momente după ce femeia se oprise din vorbit.

Bărbatul o privea pe tânăra femeie cu înțelegere, deși știa că următoarele lui cuvinte nu vor fi prea liniștitoare pentru aceasta.

— Cu toate acestea, îmi amintesc de acest caz, spuse el. Și secția noastră a făcut cercetări în această disparație acum câteva săptămâni, dar știu că nu am găsit nimic. Îmi amintesc că am avut câteva echipe pe teren pentru investigații. Fotografiile indivizilor acelora de pe camerele de supraveghere erau într-atât de pixelate că erau, pur și simplu, oribile. Nu am reușit să identificăm nici unul dintre bărbați cu ajutorul lor, mai adăugă el, chiar dacă știa că, probabil, poliția îi spusese deja asta lui Soledad.

Ar fi fost imposibil ca tânăra femeie să nu fi aflat că polițiștii nu au putut folosi filmul din acele camere de luat vederi. Acestea erau de mult prea proastă calitate, cel puțin filmele din camerele de monitorizare care mai funcționau. Cea mai mare parte dintre acele camere de supraveghere nici măcar nu erau în funcțiune.

Detectivul tăcu preț de vreo câteva secunde, împreunându-și mâinile pe masa din fața lui, iar mai apoi se aplecă ușor în față. Își strânse buzele și o privi pe tânăra femeie cu mare atenție, judecându-i ținuta și lumina din ochi. *Mda, este o femeie extrem de interesantă, dar nu este pentru mine*, își scutură bărbatul capul aproape imperceptibil.

— Deci acum trebuie să te întreb, Soledad. Ce crezi tu că putem noi face în acest moment dacă nici una dintre echipele de poliție nu a fost în stare să descopere nicio urmă până acum? Știu că nici un cadavru nu a fost descoperit în ultima vreme, se gândi detectivul să menționeze, chiar dacă așa ceva ar fi fost o încheiere oribilă a acelui caz.

Bărbatul știa că nu era niciodată o idee bună să urmeze o astfel de direcție atunci când discuta un caz cu un membru al familiei victimei, dar Mark nu avea nici o idee ce altceva ar fi putut să spună. Deja trecuse prea mult timp de când fetele dispăruseră. Cu fiecare zi care trecea, șansele de a le găsi pe acestea în viață se diminuau dramatic. Totuși, detectivul nu voia să fie el cel care menționa așa ceva.

Timp de câteva momente, toată lumea îl privi cu ochii mari, de parcă omul și-ar fi pierdut mințile. Detectivii erau conștienți că evaluarea lui Mark se vădea corectă, dar, într-adevăr, cuvintele lui păreau complet lipsite de sentiment. Acesta ar fi trebuit să găsească o altă cale pentru a descrie situația.

— De exemplu, ai putea asculta ce are Soledad de spus până la sfârșit și să îți evaluezi șansele de a face ceva atunci, o voce melodioasă, dar plină de reproș, veni dinspre ușa camerei de zi.

În ciuda vocii plăcute, reproșul îl făcu pe Mark să se foiască pe sofaua pe care se așezase mai devreme.

Toți își întoarseră ochii în direcția de unde venise vocea, iar mai apoi, zâmbind fericit, Victor sări în picioare și o porni spre ușă cu pași uriași.

— În sfârşit, ai ajuns acasă, iubito. Sunt sigur că toată lumea abia aştepta să te vadă, spuse el privind peste umăr spre oamenii din încăpere.

— În sfârşit, ai ajuns acasă, iubito. Sunt sigur că toată lumea abia aştepta să te vadă, spuse el privind peste umăr spre oamenii din încăpere.

CAPITOLUL CINCI

Fără să le mai dea nici o atenţie celor prezenţi în încăpere, Victor îşi sărută soţia în faţa lor. Omul niciodată nu se manifestase cu timiditate în faţa nimănui. În fond, lui îi păsa prea puţin ce gândeau ceilalţi despre el şi despre acţiunile lui. Nici Liliana nu comentă nimic, ci se sprijini de el, sărutându-l şi ea la rândul ei.

Detectivii remarcară că cei doi nu se oboseau să împărtăşească un sărut anemic pe obraz. Se părea că luna de miere nu se încheiase pentru ei încă, chiar dacă nunta lor avusese loc cu aproape trei ani în urmă.

Anna îi privea cu plăcere, Josh cu o indiferenţă simulată, iar în ochii lui Mark luceau scântei de gelozie.

După ce îşi sărută soţia aşa cum considera el că se cuvenea, Victor se întoarse spre oaspeţii săi şi pronunţă cuvintele pe care detectivii le aşteptau de multă vreme, dar nu mai credeau că vor mai avea şansa să le audă pe ziua aceea.

— Acum că Liliana este aici, putem lua şi prânzul.

Cum sărutul lor se sfârşise, soţia lui Victor aruncă o privirà rapidă spre măsuţa de cafea şi îşi scutură capul.

— Văd că nu te-ai obosit să pui pe masă nici unul dintre aperitivele pe care le-am pregătit astăzi de dimineaţă, observă ea cu necaz, iar o linie adâncă îi apăru între sprâncene, trădându-i mânia.

În fond, Liliana făcuse un mare efort să pregătească acele aperitive înainte de a părăsi casa în dimineaţa aceea. Femeia dorise ca totul să fie pregătit pentru oaspeţii lor.

Focul din ochii ei de ciocolată îi determină pe detectivi să își coboare privirile. Nu le prea surâdea să o vadă pe femeia micuță dăscălindu-și soțul. Întotdeauana li se părea dureros să-l vadă pe bărbatul clădit ca un urs strivit la pământ în acel fel.

— Nu ai spus absolut nimic cum că ar trebui să le pun pe masă înainte de sosirea ta. Așa că, dacă nu mă înșel, pot considera că, de fapt, nu am greșit cu nimic, ridică Victor din umeri.

Până la urmă, soția lui trebuia să fi învățat deja că era necesar să îi dea indicații precise când venea vorba despre astfel de chestiuni.

Liliana nu îi răspunse, ci continuă să îl privească cu ochi severi. Cu toate acestea, omul nu arătă nici măcar o remușcare. El se mulțumi doar să își arcuiască sprâncenele, aplecându-și capul spre dreapta. După aceea, spuse:

— Dacă vrei să fac ceva, atunci spune-mi. Eu, unul, nu știu să citesc mințile oamenilor și nu sunt la fel de școlit ca tine când vine vorba despre cum trebuie să se comporte o gazdă, își flutură el mâna pentru a explica ce voia să spună.

— Mda, înțeleg, trase Liliana aer adânc în piept pentru a elibera o parte din furia bruscă pe care o încerca. Oricum, cel puțin ai făcut niște cafea, observă ea, încercând să găsească măcar ceva în comportamentul soțului său ce ar fi putut-o face să-l ierte.

O clipă mai târziu, femeia își scutură capul cu supărare când observă absența farfurioarei de sub ceașca de cafea așezată în fața lui Soledad.

— Oare de ce mă mai obosesc eu cu chestiile astea? spuse ea cu o altă scuturare din cap, iar după aceea, se întoarse înapoi spre ușă. Voi pregăti masa din bucătărie pentru prânz, menționă ea. Sper să nu vă deranjeze că vom mânca acolo.

— Bineînțeles că nu, răsună un cor de voci din spatele ei.

Detectivii erau mult prea fericiți că vor avea ocazia să se bucure de mâncarea pregătită de ea. Nu le păsa defel unde va fi servită acea mâncare.

— Bine atunci, dădu femeia din cap, pornind-o spre ușă. Și ascultă la ce are Soledad de spus, Mark. Nu îți va irosi timpul, aruncă Liliana peste umăr, pășind afară din încăpere cu umerii drepți, trași în spate.

Câteva șuvițe de păr îi scăpaseră din cocul greu și flirtau cu coloana gâtului ei, iar ochii lui Victor se fixară asupra lor.

Mark așteptă până ce Liliana părăsi camera și, preț de câteva clipe, bărbatul ascultă pașii femeii răsunând pe gresia ce ducea spre bucătăria din spatele casei. După aceea, omul se întoarse spre Soledad.

— În regulă, sunt dornic să te ascult, își flutură el mâna pentru a o invita pe femeie să își continue relatarea.

Soledad îl biciui cu o privire nimicitoare. Femeia avea senzația că bărbatul o privea de sus, dar știa că, în ciuda acelui sentiment, ea tot trebuia să continue, așa că își reîncepu povestirea. În fond, trebuia să facă tot posibilul ca să îl câștige pe Mark de partea ea.

— Acum două săptămâni am văzut un pacient nou, o tânără femeie, de aproape optsprezece ani. Nu este încă majoră, însă, specifică ea, iar apoi se opri să își adune gândurile pentru câteva secunde.

Următoarea parte a povestirii ei era destul de spinoasă. Dacă detectivul nu o credea, toate eforturile ei se dovedeau a fi în zadar, iar, probabil că polițistul va considera că și locul ei ar fi fost în secția de psihiatrie ca pacient.

Acel lucru nu o necăjea prea mult. Nu era ca și cum Mark ar fi putut-o interna cu forța, dar, cu toate acestea, ar fi durut-o să-și vadă abilitățile reduse la un simplu diagnostic de nebunie.

Detectivii o priviră cu nerăbdare, iar tânăra femeie își umezi buzele nervoasă, având sentimentul că era un specimen amărât aflat sub microscop.

Și totuși, Soledad își continuă povestirea privind fix la cana din mâna ei, silindu-se să le ignore ochii curioși.

— Doctorul de la urgență a internat-o pe fată în secția de psihiatrie pentru că aceasta încercase să se sinucidă și prezenta numeroase tăieturi pe brațe și picioare. Tânăra nu a ajuns la spital cu ambulanța, ci a fost adusă de un bărbat, care nu și-a dat nici numele și nici nu a lăsat vreo informație despre sine. Nu a spus decât că era un bun samaritean și că nu avea nici un fel de legătură cu fata, nu îi știa nici măcar numele și nici altceva despre ea. Oricum, omul a părăsit spitalul imediat, așa că nu am putut să îi obținem datele de contact, le explică Soledad. A lăsat-o pe fată în zona de așteptare, sub grija gardianului postat la intrarea în departamentul de urgență.

— Așa ceva pare chiar ieșit din comun, observă Anna, dar Soledad dădu din cap cu reticență.

— Nu aș putea spune, spuse tânăra femeie. Dar, astfel de lucruri se întâmplă de câteva ori pe an. Vreau să spun că sunt indivizi care aduc pacienții la spital și îi lasă acolo, spunând că ei sunt doar buni samariteni. Nu e chiar așa ieșit din comun, își scutură femeia capul. În fine, continuă ea cu o fluturare a mâinii, examenul clinic a descoperit că adolescenta prezenta urme ale unor bătăi serioase și că aceasta nu răspundea la stimuli. A rămas în starea aceasta cam aproape o săptămână, le explică Soledad. Nu am putut afla prea multe de la ea, nici despre motivele pe care le avusese ca să încerce să se sinucidă și nici despre ceea ce a condus-o la acea auto-mutilare, femeia își ridică palmele.

— Aceasta sună... fascinant, încercă Mark să pară empatic.

Cu toate acestea, lui nu i se părea că povestea ar fi avut vreo legătură cu fetele care dispăruseră. Detectivul mai că se aștepta ca femeia să își încheie relatarea cu o morală care să îl motiveze pe el să acționeze, iar el, unul, numai de așa ceva nu avea nevoie chiar atunci.

Soledad își scutură capul, negăsind nimic demn de răspus. Detectivul insista să fie dezagreabil până la final.

Victor își plesni mâna pe masă și strigă la Mark:

— Ai de gând să o lași să continue, omule? Ai devenit de-a dreptul obositor cu insistența ta de a fi neplăcut.

Mark scrâșni din dinți, dar nu îi răspunse prietenului său. Omul se mulțumi doar să își fluture degetele spre Soledad, invitând-o să termine de relatat ceea ce avea de spus.

— Pot să te asigur că există o relaţie între cele două povestiri, se gândi Soledad să sublinieze, sătulă de comportamentul bărbatului.

După părerea ei, detectivul era cel mai nesuferit bărbat pe care îl întâlnise vreodată.

Mark dădu din cap că a înţeles şi o invită din nou să continue.

— Mi-ar place să vă pot da mai multe informaţii precise, dar, din nefericire, tânăra fată nici acum nu comunică prea mult cu noi, îşi scutură Soledad capul cu tristeţe.

Mark deschise gura ca să spună ceva, dar îşi schimbă imediat părerea. Totuşi, Soledad îi observă intenţia şi îşi scutură capul uşor. Bărbatul chiar nu voia să se dea bătut.

— Evident, poliţia a fost alertată, dar nici ei nu au reuşit să găsească nici un fel de documente asupra fetei, iar ea nu ne-a dat numele ei de la început. Aşa că ofiţerii au completat un raport şi i-au cerut doctorului care se ocupa de ea să îi contacteze atunci când fata îi va spune numele.

— Înţeleg că nu v-a spus numele? interveni Anna cu curiozitate.

— Nu, nu în acea seară, spuse Soledad. Nu ne-a dat numele ei timp de mai multe zile, îşi scutură ea capul cu tristeţe.

— Asta trebuie să fi fost un mare ghinion, observă Josh. Poliţia nu se poate mişca suficient de rapid în astfel de situaţii, adăugă el.

— Da, aşa este, îl aprobă Soledad cu o mişcare a capului. Totuşi, dacă cineva nu vrea să vorbească sau nu poate vorbi, nu avem nici un mijloc să îi forţăm să o facă, le explică ea cu o ridicare din umeri.

— Asta este clar, dădu şi Mark din cap, complet de acord cu Soledad, iar acel lucru o surprinse pe femeie atât de mult încât îşi pierdu firul gândirii.

După câteva momente, tânăra femeie îşi scutură capul aproape imperceptibil şi continuă:

— În fine, de-a lungul primelor zile în care a fost internată pe secţie, tânăra nu a făcut decât să mormăie câteva lucruri, dar colegul desemnat să se ocupe de tratamentul ei la început a considerat că ceea ce spunea aceasta nu făcea sens deloc, așa că a renunțat, le explică Soledad, strângându-și buzele, mai apoi.

— Așa, pur și simplu? se interesă Anna surprinsă.

Femeia nu știuse că un doctor putea renunța să ofere tratament unui pacient după numai câteva zile.

— Da, pur și simplu așa, îi răspunse Soledad. Dcotorul a cerut ca altcineva să îi ia locul ca doctor curant și a spus că el considera că o femeie s-ar putea să aibă mai mult succes cu fata, spuse tânăra femeie, privind de la unul la celălalt.

Soledad observă expresiile confuze de pe trăsăturile detectivilor, așa că se decise să le explice ceea ce voia să spună.

— Uneori asta este adevărat. Un pacient s-ar putea să răspundă mai bine dacă doctorul său este bărbat. Altul s-ar putea să răspundă mai bine dacă medicul este femeie, spuse ea, însoțindu-și cuvintele cu gesturi largi pentru a-și face opinia mai bine înțeleasă.

— Cred că așa ceva e natural, se arătă Anna de acord cu Soledad atunci când auzi explicația femeii.

După ce își exprimă părerea, detectiva își aplecă capul pe o parte și o privi pe tânăra femeie expectativ, așteptând să vadă ce mai avea aceasta de spus.

— Da, este, recunoscu Soledad. În fine, așa am ajuns eu să mă ocup de fată și să o cunosc, le explică ea detectivilor, mutându-și privirea de la unul la celălalt.

Tânăra femeie dori să mai adauge ceva, dar îl surprinse pe Mark dându-și ochii peste cap, așa că decise să își scurteze povestirea. Bărbatul părea să își fi pierdut și bruma de răbdare pe care o avea. Se lăsase pe spate, sprijinindu-se de spătarul sofalei, bătând darabana cu degetele pe coapsa sa.

Soledad știa că opiniile ei personale nu contau cu adevărat. De altfel, nici sentimentele ei nu contau, chiar dacă o rănea atitudinea detectivului. Oricum, femeia avusese ocazia să fie tratată și mai rău decât atât în trecut, așa că putea trece și peste grosolănia lui Mark.

— În fine, din ceea ce am înțeles, fata a fost abuzată sexual și asta în mod repetat. Nu a vrut să îmi spună totul pe îndelete, dar se pare că a fost implicată într-un grup care furnizează tinere fete pentru prostituție. Ceea ce spune fata nu face sens în cea mai mare parte a timpului, aceasta este adevărat, recunoscu Soledad, strângând din buze.

Tânăra femeie își aplecă capul și se gândi câteva clipe la ceea ce urma să spună. Era important ca detectivii să îi aprecieze relatarea și să nu o dea deoparte ca fiind insignifiantă.

— Trebuie să vă spun că mă îngrijorează ceea ce spune, își întoarse ea ochii la detectivi. Fata mi-a dat de înțeles că existau oameni care plăteau pentru serviciile ei, dar banii nu venea direct la ea. Mereu era prezent un individ în fața ușii ei care lua banii de la clienți. De asemenea, ea a menționat anumite situații degradante în care s-a aflat, iar acest lucru îl cred. Încrederea ei în sine e sub zero. Fata se urăște pe sine și își urăște viața, menționă Soledad, înghițind în sec cu greutate mai apoi.

— Ai vrea niște apă? sări Victor în picioare, pregătit să se ducă să îi aducă un pahar cu apă.

Cu toate acestea, Soledad își scutură capul și se pregăti să își continue relatarea. Știa că trebuia să o termine.

— Fata arată semne de abuz clinic. Din ceea ce am putut determina, mi-e teamă că va avea un drum lung în fața ei înainte de a se putea întoarce la ceva cât de cât similar unei vieți normale. Din nefericire, considerând condiția sa clinică, este însă posibil ca ea să nu aibă niciodată capacitatea de a avea o astfel de viață, își scutură Soledad capul cu tristețe.

— Îmi pare cu adevărat rău să aud toate acestea, se aplecă Mark în față, sprijinindu-și coatele pe genunchi și împreunându-și mâinile.

Bărbatul o privi fix pe femeie, cu empatie, dar nerăbdarea îi juca aproape de suprafață.

— Cu toate acestea, trebuie să spun că tot nu văd conexiunea dintre povestirea acestei fete și dispariția nepoatei tale, insistă el.

Detectivul nu nega faptul că situația tinerei fete era înfiorătoare, dar omul nu vedea ce indicii suplimentare putea aduce aceasta la informațiile aflate deja în dosarele poliției.

— Există o conexiune, îi replică Soledad cu asprime. Cu puțină răbdare ajungem și acolo, îl muștrului femeia.

Mark își ridică mâinile cu palmele în sus pentru a-i demonstra că nu o va mai întrerupe din nou.

Soledad îi aruncă detectivului o privire sumbră, iar sprâncenele i se adunară laolaltă. După aceea, femeia continuă:

— În timpul uneia dintre ședințe fata a menționat alte fete. Una dintre ele pare să fie nepoata mea. Am încercat să îi pun mai multe întrebări pacientei, dar aceasta pare să se teamă să spună anumite lucruri.

— Deci ai doar o descriere, observă Mark pe un ton sec, aparent incapabil să își țină gura închisă mai mult decât câteva minute la rând.

— Nu numai, veni replica înfierbântată a femeii.

În ciuda cuvintelor sale, Soledad nu își îndreptă privirea spre detectiv de data aceasta. Pentru că simțea nevoia să își ocupe mâinile cu ceva, tânăra femeie se întinse și își luă ceașca pe care o lăsase pe masă cu câteva clipe în urmă. Și totuși, în același timp, Soledad, trebui să își controleze impulsul de a arunca ceașca în capul omului.

— Ce altceva atunci? insistă Mark când observă că femeia nu avea de gând să le ofere informația voluntar.

Acel lucru părea destul de straniu, considerând că aceasta nu făcuse decât să vorbească fără întrerupere în ultimele câteva minute. Ceva părea nelalocul lui cu acea imagine, iar detectivul își arcui sprânceana dreaptă, așteptând ca femeia să își termine povestirea.

Soledad își ridică capul și îl privi pe detectiv drept în ochi. Îi cercetă acestuia chipul cu curiozitate, trăgând în același timp aer adânc în piept, iar mai apoi îl întrebă:

— Care este opinia ta despre percepția extrasenzorială, detective?

— Despre ce... Despre ce vorbești? o întrebă Mark cu surpriză în voce.

Aceea nu era o întrebare la care s-ar fi așteptat.

— Percepția extrasenzorială, repetă Soledad pe un ton aspru, pentru a se asigura că bărbatul înțelegea ceea ce voia ea să spună.

— Consider că e o noțiune interesantă, spuse Mark, ridicând din umeri. Dacă mă întrebi dacă eu cred că cineva sau, mai precis, dacă eu cred că tu posezi acest tip de percepție, aș spune că mă îndoiesc, replică el pe un ton sec.

— Am înțeles, murmură Soledad, întorcându-și mai apoi ochii spre Victor, cerându-i astfel să intervină în discuție.

Femeia era suficient de inteligentă ca să știe când nu era cazul să insiste.

Bărbatul își drese glasul, iar după aceea spuse:

— Dacă mă întrebi pe mine, există oameni care au astfel de abilități, Mark. Eu știu cel puțin trei oameni care pot citi emoții și gânduri, specifică Victor, sperând să îl facă pe Mark să își schimbe părerea.

— Bravo ție, râse Mark fără pic de umor. Ce pot să îți spun? Eu, unul, pot să te asigur că sunt încântat că nu cunosc pe nimeni, adăugă el pe un ton sec.

— Dar, de fapt, cunoști, Mark, îi aruncă Victor o privire pătrunzătoare detectivului.

— Și de unde știi tu așa ceva? îl întrebă polițistul pe un ton mânios, aplecându-și capul pe o parte și privindu-l pe Victor cu ochiii îngustați.

Detectivului nu-i surâdea când oamenii făceau presupuneri despre el, mai ales când acele presupuneri erau eronate.

Victor oftă adânc și își scutură capul cu dezamăgire. După aceea, se întoarse spre Soledad:

— Îmi pare rău, Soledad. Va trebui să mai aștepți câteva zile. Știu că fiecare zi contează, dar..., își desfăcu omul brațele cu regret. Când se întoarce Leah vom vorbi cu ea, îi promise el tinerei femei.

Soledad îl privi fix pe Mark cu o privire impenetrabilă preț de câteva clipe, iar mai apoi își întoarse ochii spre Victor și dădu din cap, arătând că și ea era de aceeași părere.

— Aşteaptă o clipă, interveni Mark pe un ton aspru. De ce crezi tu că Leah va fi mai perceptivă la chestia asta cu percepţia extrasenzorială? ceru el să afle.

— Nu-ţi fă griji, Mark, îşi flutură Victor degetele în direcţia detectivului. Vom rezolva noi problema asta altfel, spuse el. Îmi pare rău că te-am deranjat astăzi. Probabil că ţi-am luat timpul de la chestiuni mai importante, adăugă Victor cu sarcasm.

Bărbatul nu simţea nici un fel de jenă când venea vorba să facă pe cineva să se simtă vinovat.

— Dar poate că Anna şi eu putem ajuta, interveni Josh pe o voce liniştită, după ce schimbă o privire plină de înţeles cu colega sa.

Toate capetele se întoarseră spre el, dar omul nici măcar nu clipi. Se mulţumi doar să ridice din umeri şi apoi spuse:

— Nu am nici o problemă cu chestia asta. Cred în posibilitatea de a citi minţile şi emoţiile oamenilor, le explică el.

— Şi, oricum, adăugă şi Anna, dacă există şi cea mai mică informaţie despre nepoata ta, cu siguranţă vrem să o auzim şi să vedem ce putem face. Orice fel de veşti ai putea să ne dai ar fi nemaipomenite, îşi exprimă ea părerea.

Un zâmbet timid îi arcui colţurile buzelor lui Soledad.

— Voi doi sânteţi fantastici, îşi scutură ea capul, iar lacrimi nevărsate îi străluciră în ochi.

La rândul său Mark oftă şi îşi scutură capul cu necaz.

— Bine, voi asculta. Este posibil să nu cred în aiureala asta, dar poate că într-adevăr ai ceva informaţii care ar putea ajuta, recunoscu el.

În ciuda cuvintelor sale, detectivul se îndoia că vor afla prea multe pentru a face o investigaţie.

Războindu-se cu mândria ei, tânăra femeie nu răspunse imediat. După aceea se gândi că nu era un lucru rău să ţină la mândria ei, dar nu atunci când viaţa altcuiva se găsea în balanţă. Aşa că începu să spună cu oarecare ezitare:

— Ei bine, se pare că fata despre care vă spuneam le-a întâlnit pe Camilla și prietena ei. Nu cred că prietena Camillei o duce tocmai bine, însă. Atunci când pacienta mea a menționat-o, a vădit atât de multă supărare că a trebuit să o sedăm. Nu a vorbit timp de două zile după aceea, spuse Soledad, strângând din buze.

— A spus altceva după acele două zile? se interesă Anna.

— Foarte puțin, recunoscu Soledad, iar mai apoi își apăsă o mână peste buze, închizându-și ochii.

Femeia părea să se gândească intens la ceva anume.

Mark așteptă să treacă un minut, dar tânăra femeie tot nu își deschise ochii și nici nu pronunță nici un cuvânt. Bărbatului îi era foame. Nerăbdarea îi fierbea în vene și era și obosit. Nu mai avea chef să aștepte.

— În regulă, continuă, o îndemnă detectivul pe Soledad.

Femeia își deschise ochii și își scutură capul.

— Voi termina de îndată. Pot să îmi dau seama că te-am plictisit până la lacrimi cu povestirea mea, răspunse ea, cuvintele prelingându-i-se de pe buze cu amărăciune și mânie.

Mark își arcui sprânceana dreaptă uluit, ca și cum nu el ar fi fost cel care o înfuriase pe femeie. Bărbatul nici nu voia să se gândească de câte ori se făcuse de râs pe ziua aceea. Cu toate acestea, gura lui avea obiceiul de a melița fără supervizare, iar el, unul, nu credea că merita să se obosească luptându-se cu morile de vânt.

Soledad își petrecu degetele prin coama întunecată și deasă, iar mai apoi spuse:

— În mod obișnuit, nu încerc să citesc gândurile oamenilor. Nu este nici profesional și nici politicos, doar știți. Le citesc emoțiile celor din jur, dar numai pentru că nu pot să le opresc. Cu toate acestea, mă pot controla atunci când vine vorba de citirea gândurilor intime ale oamenilor.

Femeia își flutură mâinile, încercând să își explice și să își raționalizeze acțiunile cu gesturi largi.

— Acum, cu fata aceasta, am simțit că are informații care ne-ar putea ajuta să o găsim pe nepoata mea, așa că nu m-am abținut deloc și chiar i-am cercetat gândurile, admise tânăra femeie. Știu, comportamentul meu a fost departe de a fi profesional, ridică Soledad din umeri cu indiferență pentru că, în acel moment, nu îi prea mai păsa femeii de profesionalismul său.

Anna și Josh o priviră cu curiozitate, amândoi întrebându-se cam cum ar fi să ai abilitatea de a face o plimbare prin mintea cuiva. În fapt, lor nu le-ar fi prea convenit ca altcineva să facă incursiuni în gândurile lor. Și totuși, acea abilitate i-ar fi ajutat în investigațiile lor, economisindu-le mult timp.

Pe de altă parte, Mark o privi pe tânăra femeie cu neîncredere. El era genul de om care nu credea în nimic atâta timp cât nu vedea acel ceva cu proprii săi ochi sau nu îl putea atinge sau mirosi. De data aceasta, el era convins că Soledad își transferase imaginația asupra faptelor.

— În fine, important este că am făcut-o și m-am împăcat cu faptul că mi-am încălcat principiile privind profesia mea, continuă tânăra femeie cu o ridicare din umeri. Nu pot spune că mi-a fost ușor, însă, recunoscu ea cu o strâmbătură.

Soledad își coborî ochii asupra ceștii pe care o ținea în căușul palmelor și încercă să își adune gândurile. Își dădea seama că venise momentul să își încheie relatarea, mai ales că putea citi scepticismul de pe trăsăturile lui Mark. Știa ea că nu putea conta decât pe suportul celorlalți doi detectivi.

Ceilalți doi ofițeri de poliție păreau mai înclinați să o creadă, dar Mark era cel care conducea echipa, cel puțin până în momentul în care șefa lui, acea locotenentă, Leah MacKay, s-ar fi întors din luna de miere.

Soledad nu era prea dornică să aștepte atât de mult pentru că se gândea constant la ceea ce i se întâmplase Camillei. Femeii i se făcea rău de fiecare dată când acele gânduri îi treceau prin minte.

— Pacienta mea a trecut prin iad, iar gândurile ei sunt împrăștiate peste tot. Nu am putut citi absolut tot, dar am reușit să obțin o idee generală a ceea ce i s-a întâmplat nepoatei mele, explică Soledad pe un ton sumbru. Și aici intervii tu, își aruncă ea ochii spre Mark.

Sprâncenele detectivului i se arcuiră pe frunte, iar bărbatul își înclină capul cu interes brusc.

— Din câte am înțeles, fetele sunt victimele unei rețele de traficare umană, care se ocupă de minore. Pe aproape toate aceste fete le-au ademenit dintr-un spațiu public și mai apoi le-au răpit, ținându-le sub lacăt după aceea. Același lucru i s-a întâmplat și pacientei mele, sublinie femeia. Acea fată a putut ieși de acolo numai pentru că unul dintre clienții săi s-a speriat când aceasta a încercat să își taie venele în fața lui. De asemenea, bărbatul a observat și vânătăile lăsate de bătăile îndurate de aceasta, precum și urmele de la tăieturile pe care aceasta și le-a făcut pe brațe. Abia atunci s-a gândit el că ceva nu era în regulă, adaugă ea.

— Doar atunci? se interesă Mark cu neîncredere evidentă.

Soledad își scutură capul cu confuzie.

— Nici eu nu cred așa ceva. Nu îmi pot imagina cum naiba individul a putut crede, înainte de a vedea trupul fetei, că era normal să plătească pentru a avea sex cu o minoră. În fine, el a părăsit spitalul fără a lăsa nici un fel de informații despre el, după cum v-am spus deja, adaugă tânăra femeie.

— Există mult mai mulți oameni de acest gen decât ți-ai putea imagina, îi spuse Anna pe un ton liniștitor.

Detectiva deja observase umbrele de pe chipul tinerei femei și o durea inima pentru ea. Anna înțelegea prin ceea ce trecea Soledad, chiar dacă ea, una, nu fusese niciodată într-o situație identică.

Soledad își aruncă privirea spre detectivă și dădu din cap, semn că era conștientă de acel fapt. Știa ea că întrebarea ei era doar retorică. Oamenii erau capabili să raționalizeze absolut totul pentru a nu se simți vinovați pentru o acțiune anume.

— În fine, vă pot spune cam în ce zonă operează grupul și cam ce fel de tactici folosesc. Desigur, nu am nici cea mai mică idee în ceea ce privește locația cartierului lor general. Dar, măcar, așa veți putea să le monitorizați mișcările, să aflați unde le țin pe fete și să le găsiți pe acestea, sublinie ea, privind fix spre Mark.

Mark o privi cu un chip impenetrabil. Bărbatul nu credea nimic din ceea ce spunea Soledad. Dar mai apoi, detectivul se gândi că poate femeia a aflat informația pe altă cale și nu voia să își trădeze sursa.

Dar, indiferent de felul în care Soledad dăduse peste acea informație, dacă ei puteau găsi și monitoriza grupul de indivizi care răpeau minorele, era la mintea cocoșului că aceia puteau să îi conducă la fetele răpite.

— Bine, acceptă detectivul. Vom avea nevoie de un raport concis a tot ceea ce ai aflat până acum, spuse el. Vom organiza supravegherea locurilor unde operează grupul, iar după aceea vom continua de acolo. Ai putea pune tot ceea ce ne-ai spus pe hârtie?

Soledad îl privi pe sub gene. Simțea ea că detectivul nu prea voia să se implice într-o întreprindere nebunească, dar se simțea obligat să urmeze toate căile posibile de investigație înainte de a o abandona.

— Da, pot pune totul pe hârtie, dădu ea din cap liniștită. Dar, nu voi fi în stare să explic cum am dat peste această informație, îl preveni ea pe Mark.

— Poți să scri că este informație privilegiată obținută în timpul tratării unui pacient. Din moment ce informația are legătură cu posibila rănire a altor persoane, ai dreptul să o raportezi, chiar dacă nu trădezi sursa, interveni Victor, aplecându-se ușor în față pentru a se face mai bine înțeles.

— Presupun că da, murmură Soledad, nesigură că oamenii de la secția de poliție vor accepta acea scuză.

— Va merge, o asigură Josh cu convingere. Nimeni nu va chestiona sursa, ținând seama de faptul că ești medic psihiatru, mai adăugă el.

— Bun atunci, își plesni Mark palmele peste partea superioară a coapselor. Atunci poate că Victor îți poate da o bucată de hârtie să notezi toate amănuntele. De altfel, și el poate să scrie ce fel de informații are, spuse detectivul, întorcându-se spre prietenul său. Dacă îmi amintesc bine, ai spus că și tu ai avea ceva de adăugat atunci când Soledad își va încheia relatarea.

Victor dădu din cap afirmativ.

— În cea mai mare parte, am epuizat câteva căi de investigație. M-am gândit că îți va economisi timp să afli despre ele. Nu am ajuns prea departe, ca să știi. Nu am eu mijloacele pe care le ai tu, sublinie bărbatul cu un rânjet.

— Nu mi-aș face griji în legătură cu asta, își flutură Mark mâna. Întotdeauna reușești tu să dezgropi ceva, observă el. Mă rog, după ce voi doi scrieți tot ceea ce știți, ne vom întoarce la secție, adăugă detectivul, gândindu-se că pe drumul lor spre serviciu, vor putea cumpăra și ceva de mâncare.

Stomacul lui emitea plânsete zgomotoase și se părea că în casa aceea nimeni nu le va oferi ceva de mâncare prea curând.

— Oh, nu, interveni Liliana din cadrul ușii. Tocmai ce am pregătit prânzul și veneam să vă invit în bucătărie. Am pus totul pe masă deja, încercă ea să îl convingă pe Mark să nu plece.

— Nu e nevoie să te obosești prea mult ca să ne convingi, interveni Anna chicotind. Sunt sigură că toată lumea e de acord să stea pentru așa ceva, aruncă ea o privire dură în direcția lui Mark, provocându-l să spună nu, astfel dându-i ocazia să-i smulgă inima din piept cu unghiile.

Detectivul rânji și o aprobă dând din cap cu entuziasm. Atâta timp cât era mâncare pe masă, el putea prelungi șederea lor acolo cu cel puțin patruzeci de minute, dacă nu mai mult. Din experiențele din trecut, bărbatul știa că vor avea nevoie de cel puțin atâta timp pentru a înghiți toată mâncarea pe care Liliana obișnuia să o pună pe masă.

Josh deja i se alăturase Lilianei la ușă, strângând-o cu putere în brațe.

— Ești o sfântă, îi murmură el în ureche.

— Ia-ți mâinile de pe nevasta mea dacă vrei să mai ai o mână disponibilă pentru a duce lingura la gură, îl avertiză Victor, glumind doar pe jumătate.

Stânjenită, Liliana chicoti și își scutură capul spre soțul său. Mai apoi, își invită oaspeții în bucătărie din nou și avu grijă să o tragă și pe Soledad cu ei, în ciuda ezitării tinerei femei.

Soledad considera că avusese parte de destule emoții pe ziua aceea și nu mai dorea să petreacă nici măcar o clipă în plus în compania lui Mark. Cu toate acestea, cererea din ochii prietenei sale o îndemnă să nu-i refuze invitația. Oftând în sinea sa, tânăra femeie îi urmă pe ceilalți în bucătărie, dar nu uită să-i ceară lui Victor niște hârtie pentru a scrie tot ceea ce știa.

CAPITOLUL ȘASE

Fiind ocupată cu scrierea raportului ei, Soledad nu a contribuit prea mult la dialogul ce avea loc în jurul mesei. Cu toate acestea, îi mai ajungeau la urechi, din când în când, fragmente din conversație, ba chiar și ea râse de câteva ori.

Uneori, Mark făcea comentarii atât de scandaloase încât femeia nu se putea opri să nu își scuture capul cu neîncredere. Bărbatul părea să fie un personaj interesant cu acea șuviță de păr care îi cădea peste frunte, din când în când, și care îi dădea un aer băiețesc. Dar, în ciuda acelei senzații, Soledad percepea și sentimentele amare ce se războiau în sufletul lui.

Detectivii onorară prânzul opulent pe care Liliana îl așezase pe masă și uitară complet că mai trebuiau să se și întoarcă la muncă.

De mai multă vreme, Soledad își dăduse seama că prietena ei avea un talent deosebit de a exagera lucrurile.

Dar, cu toate acestea, Liliana o surprinse din nou. Aceasta îi supraveghea pe toți cu ochi vulturești pentru a se asigura că nimeni nu mai avea nevoie de nimic altceva. Femeia părea gata să pregătească altceva de mâncat pe loc dacă cineva ar fi propus așa ceva.

Nu numai Soledad, dar și Anna se întreba cam ce altceva ar fi putut Liliana să pună pe masă. Nici una dintre ele nu credea că o mână de oameni ar fi putut mânca mai mult decât ceea ce ea servise deja. Femeia pusese atât de multă mâncare în fața lor încât ar fi putut hrăni zece oameni, dacă nu cumva chiar cincisprezece.

După ce își termină de scris raportul, Soledad simți impulsul de a se întoarce acasă pentru a se băga în pat, având nevoie de cel puțin încă patru ore de somn. Cu toate acestea, tânăra femeie știa că mai trebuia să rămână în casa prietenei ei vreo cincisprezece sau douăzeci de minute cel puțin, pentru a nu o supăra pe Liliana.

Prietena ei o tot invita să servească ceva, așa că Soledad alese o prăjitură mică de pe un platou. Începu să o ciugulească, iar sprâncenele îi săriră sus pe frunte. Tânăra femeie trebui să admită că Liliana avea un dar deosebit când venea vorba de prăjituri. Soledad nu gustase niciodată ceva atât de delicios.

Încercând să ghicească cam cum fusese creat acel deliciu culinar, tânăra se holbă la prăjitura din mâna ei cu ochii mari, disecând fiecare strat al acesteia. Când își ridică privirea, ochii ei îi întâlniră pe ai lui Victor.

Reacția ei părea să îl amuze pe bărbat. Cu nonșalanță, tânăra femeie ridică din umeri și mușcă din nou din prăjitura ei.

Victor o mai privi pe femeie preț de câteva momente, iar apoi se întoarse spre Mark.

— Deci, ce spuneai?

Abia atunci înțelese Soledad că uitase să mai dea atenție conversației de-a lungul ultimelor minute. După numai vreo două ore de somn, extenuarea începuse să-i copleșească trupul și ea chiar trebuia să se întoarcă acasă pentru a mai prinde câteva ore de somn.

— Spuneam că totul a fost neașteptat de liniștit în ultima vreme. Probabil pentru că este atât de al naibii de frig afară, iar oamenilor nu le prea arde să iasă pe stradă, ridică detectivul din umeri. Nu este prea multă *distracție*, adăugă el cu ironie. Nu că ar fi un lucru rău, recunoscu el. Nu mi-ar arde să am vreo crimă de investigat acum. Imaginează-ți ce plăcere ar fi să ieși pe vremea asta pentru o anchetă, se strâmbă Mark, tremurând imperceptibil.

— Ai uitat de incidentul de săptămâna trecută, îi reaminti Josh colegului său cu un rânjet. Chestia aia chiar a mai însufleţit lucrurile un pic la secţie, râse el, scuturându-şi capul.

— Oh, da, se arătă Mark de acord, strângând din buze. Pentru tine, poate. Nu ai fost tu cel lovit în... Ştii tu ce vreau să spun, gesticulă Mark, nedorind să dea mai multe explicaţii în faţa Lilianei şi a lui Soledad.

— Trebuie să recunosc că a adus un pic de acţiune şi culoare în secţie, îşi spuse şi Anna părerea, încercând să nu zâmbească.

Ei chiar îi părea rău pentru Mark. Bărbatul încercase dureri înfioră-toare timp de vreo două zile.

— Deci ce s-a întâmplat? insistă Victor, înţelegând că Mark fusese singura victimă al acelui incident.

Îi părea lui rău pentru prietenul său, dar aceasta nu însemna că nu se putea amuza puţin pe seama lui.

— Unul dintre tipi a adus un om pentru a îi pune nişte întrebări, explică Mark, încruntându-se. Individul acela era beat criţă şi a început o bătaie pentru că nu i-a convenit una dintre întrebările pe care i le-a pus detectivul. Eu am fost suficient de inteligent să mă duc să îl ajut pe ofiţer când am auzit strigătele, detectivul adăugă, scuturând din cap. Nu pot să cred că am fost atât de idiot încât să mă implic în aşa ceva, spuse el cu regret. De obicei, am mai mult simţ de conservare, zise băr-batul printre dinţi.

— Dar ce s-a întâmplat de fapt? insistă Victor să afle, considerând că Mark dansase suficient de mult în jurul subiectului şi că era momen-tul să expună faptele.

— Tu ce părere ai? îi aruncă Mark o privire scurtă printre ochii în-gustaţi. Individul m-a lovit cu copita. Ştii tu unde, îşi flutură el degetele prin aer. Am fost scos din funcţiune vreo câteva zile, spuse bărbatul printre dinţi, semn că încă nu uitase ceea ce se petrecuse.

Detectivului nu îi surâdea să fie luat în râs, chiar dacă evenimentul avusese loc cu ceva timp în urmă.

— Ai fost la doctor? îl întrebă Soledad cu îngrijorare. Ar fi trebuit să vezi un doctor, repetă ea.

Surprins, Mark își arcui sprânceana dreaptă pe frunte și mai că o întrebă dacă se oferea de bună voie și nesilită de nimeni să îi facă un examen medical, dar își înghiți cuvintele. Nu era momentul să o enerveze pe femeie, mai ales că ar fi supărat-o și pe Liliana în același timp. În afară de aceasta, cuvintele lui ar fi ajuns cu siguranță la urechile lui Leah atunci când aceasta s-ar fi întors din luna de miere, iar locotenentul l-ar fi nimicit cu mustrările.

Detectivul alese cea mai ușoară cale de răspuns și spuse:

— Desigur, m-am dus la doctorul de familie, iar el mi-a prescris gheață și odihnă la pat pentru câteva zile, adăugă el, ridicând din umeri.

— Deci, există vreun efect de lungă durată ca urmare a acelui episod? se interesă Victor cu un surâs larg pe buze.

— Nu, nici unul, îi răspunse Mark pe un ton sec, hotărât să nu îi mai permită lui Victor să îl ia peste picior.

— În fine, cel puțin, am avut câteva momente de amuzament datorită acelui eveniment, observă Josh cu un rânjet.

— Mda, presupun că și eu m-aș simți amuzat dacă cineva te-ar pocni pe tine în... bijuteriile de familie, observă Mark cu sarcasm, aruncându-i colegului său o privire întunecată.

Josh râse, dar i se chirci abdomenul. Doar gândul de a trece prin așa ceva îl cutremura pe bărbat.

— Oricum, nimic altceva nu s-a mai petrecut de când a plecat Leah, se hotărî Mark să încheie acea conversație.

Venise timpul să plece. Bărbatul se simțea atât de plin după ce înfulecase mult prea multă mâncare, încât simțea nevoia să se miște pentru a scăpa de acea senzație.

Mark își aruncă ochii la ce rămăsese pe masă și își scutură capul. Omului i-ar fi plăcut să se mai bucure de ceva bunătățuri, dar se temea că ar fi explodat pe loc dacă ar fi încercat.

— Vă pot pregăti câteva pachete cu mâncare să le luați acasă, propuse Liliana, observând dorința de pe chipul detectivului.

— Oh, nu, nu aș putea, își scutură acesta capul.

Lui Mark îi plăcea să mănânce mâncarea altora, dar avea și el o limită. Îi mai rămăsese încă ceva bun simț.

— Sunt sigur că nu mai pot înghiți nimic până mâine, o asigură el pe femeie. Oricum, îți mulțumesc foarte mult..., începu bărbatul să spună, dar soneria telefonului său îl opri. Îmi cer scuze, dar va trebui să preiau acest apel, se scuză el, știind că numai cei de la secție ar fi putut să îl sune.

În zilele acelea, nimeni altcineva nu se mai obosea să îl întrebe de sănătate.

Detectivul răspunse la telefon și ascultă cu mare atenție la ce i se spunea. Privirea sumbră din ochii săi îi informă pe ceilalți că știrile nu erau prea bune.

— În regulă, cred că vom ajunge acolo cam în cincisprezece minute, îi răspunse Mark într-un sfârșit persoanei de la celălalt capăt al liniei. Da, ocupă-te tu de chestia asta, adăugă el pe un ton practic după ce mai ascultă o vreme la cuvintele interlocutorului său.

Bărbatul deconectă apelul și își întoarse ochii spre gazdele lor.

— Îmi pare rău, dar trebuie să plecăm, spuse el, aruncându-și în același timp ochii spre ecranul telefonului său. Oh, este deja ora patru, observă el cu uluire. Nu aș fi crezut că am stat aici atât de mult, își scutură omul capul, nevenindu-i să creadă cum zburase timpul.

Mark își înfipse telefonul în buzunar, iar apoi se ridică.

— Oricum, avem o crimă de rezolvat, își întoarse el ochii spre ceilalți doi detectivi. Așa că mai bine o luăm din loc, adăugă el, iar ceilalți doi ofițeri aprobară cu expresii grave pe chip. Tot voi face cercetări legate de chestia asta, îi promise Mark lui Soledad, luând hârtiile pe care aceasta le umpluse cu un scris îndrăzneț.

Tânăra femeie dădu din cap că a înțeles. Cu toate acestea, nu credea ea că bărbatul va avea timp să se uite peste cuvintele ei prea curând. Tristețea îi luci în ochi, iar ea își strânse buzele pentru a-și ține gura închisă și pentru a nu spune cu voce tare ceea ce gândea.

Cu toate acestea, detectivul observă schimbarea din ținuta femeii și își dădu seama cam ce îi trecea acesteia prin minte.

— Am promis că voi face cercetări, arătă omul hârtiile din mâna lui. Eu întotdeauna mă țin de cuvânt, sublinie el pe un ton aspru.

Lui Mark îi displăcea când cineva îi punea onestitatea sub semnul întrebării. O fi fost el sclav al confortului și cam leneș când venea vorba să își facă treaba. Cu toate acestea, cuvântul lui avea o oarecare însemnătate pentru el.

Mândria lui rănită o impresionă pe Soledad, așa că aceasta dădu din cap din nou.

— Sunt sigură că o vei face. Nu am vrut să arăt nici un fel de îndoială, îl asigură ea, dar Mark se mulțumi numai să își fluture mâna pentru a-i cere să uite subiectul, după care se întoarse spre ușă, luându-și la revedere de la gazdele sale.

Victor își arcui sprâncenele, ușor uluit de comportamentul prietenului său. De-a lungul întregii după-amieze, Mark se comportase într-un fel ieșit din comun, iar Victor nu era prea sigur ce să creadă despre asta.

Liliana își puse mâna pe brațul soțului său. Victor îi aruncă o privire, iar femeia își scutură capul ușor pentru a-i indica să nu pună întrebări.

— Oh, Mark, îl strigă Victor pe detectiv înapoi. Ai uitat de hârtiile mele, menționă el.

— Oh, da, se plesni Mark peste frunte. Nu știu pe unde mi-e mintea în zilele acestea, își scutură el capul. Dar, de fapt, nu te-am văzut scriind absolut nimic, se încruntă bărbatul după o clipă din cauza confuziei.

— Așa este, nu m-ai văzut, se arătă Victor de acord cu el. Îți voi trimite totul pe email. Am notat tot ce am făcut într-un fișier.

— Bun atunci, își flutură Mark mâna.

Nu îi prea plăcea lui că Victor se juca cu el. În fond, ar fi putut să îi trimită emailul fără să facă atâta circ.

CAPITOLUL ȘAPTE

După ce își aruncă ochii spre silueta care atârna în ham pe una din lateralele clădirii, Mark își scutură capul, nevenindu-i să creadă ce îi vedeau ochii. Omul nu putea înțelege cum de nimeni nu raportase situația mai devreme.

Nu era ca și cum în fiecare zi cineva ar fi avut ocazia să vadă un cadavru atârnând astfel. Detectivul ar fi crezut că cineva ar fi sunat alarma mai devreme. Cel puțin măcar o persoană dintre cele aflate jos în stradă ar fi simțit nevoia să privească cerul și astfel ar fi văzut trupul omului.

— Te-am așteptat pe tine să-l coborâm aici pe platformă, îl informă doctorul pe detectiv pe un ton sec.

Mark îi aruncă doctorului o privire piezișă, așteptându-se ca acesta să sară cu gura pe el. Omul era cunoscut pentru interacțiunile lui nepoliticoase cu cei care lucrau în poliție.

— Am făcut un așa zis examen preliminar, adăugă doctorul. Desigur, pe cât de mult am putut, mai spuse el cu reproș prost ascuns.

Detectivul nu simțea nevoia să devină ținta mâniei doctorului, așa că se hotărî să își arate acordul cu evaluarea acestuia imediat, dând din cap cu entuziasm.

— Sper că îți imaginezi că nu am putut face prea multe, considerând poziția cadavrului, îi explică doctorul Connelly detectivului, gesticulând înspre cadavru.

După cum îi era obiceiul, omul își tărăgăna cuvintele, iar sarcasmul lui era dureros. Mark, însă, încercă să nu o ia personal.

— Din fericire, este o zi rece astăzi, așa că nu există niciun miros în aer, observă medicul legist cu ironie abia ascunsă, aruncându-și, din nou, privirea spre detectiv.

Medicul legist nu voia ca subtilitatea sa să treacă neobservată, iar el știa că Mark se putea dovedi surd la anumite subtilități câteodată.

— Îmi cer scuze, dar eram cam departe de aici, îi explică Mark, înghițind cu greutate în sec.

Cu toate acestea, detectivul știa că doctorul nu va accepta niciun fel de explicație, indiferent de ce ar fi spus el.

Detectivul sperase să nu aibă ghinionul de a da peste acel medic legist în acel caz de omucidere, dar, se părea că, în ultima vreme, norocul îi cam dispăruse. Ghinioanele își făceau apariția peste tot, atât în viața lui personală, cât și în viața profesională.

Locotenentul lui, Leah MacKay, poseda calitățile necesare pentru a-l manevra pe acel medic legist, iar Mark o admira pentru acel lucru, pentru că așa ceva nu era deloc o sarcină ușoară. Mark, însă, își făcuse obiceiul de a îl evita pe om de parcă ar fi fost purtător de ciumă. Cu toate acestea, așa ceva nu era posibil în acel caz.

Tânărul polițist știa că nu reprezenta el un adversar potrivit pentru bătrânul scârțar. Ori de câte ori discuta cu acesta, detectivul avea sentimentul că nivelul lui de inteligență cobora cu cel puțin douăzeci de procente, iar curând, drept pedeapsă, medicul îl va trimite la colț.

— Desigur, puteți coborî cadavrul pe platformă, se întoarse detectivul spre cei doi ofițeri de poliție pe care îi găsise în compania medicului legist.

După aceea, omul se trase mai la o parte pentru a nu sta în calea ofițerilor și pentru a le permite să-și facă treaba. Mai mult decât atât, dorea și să scape de compania neguroasă a medicului legist.

Mark li se alătură celorlați colegi ai săi, Anna și Josh, pe cealaltă platformă, pe care o folosiseră să ajungă la cadavru mai devreme. Nu exista altă cale de a urca acolo. Cu toate acestea, călătoria lor la înălțime pe acea platformă se dovedi a fi o experiență destul de palpitantă.

Detectivul își trase gulerul de la haină mai sus pentru a se proteja de elementele naturii și își înfipse mâinile în buzunare. Buzele îi înghețaseră deja, iar omul nici măcar nu își mai simțea vârful nasului.

Vântul se cam întețise în ultima oră, iar lumina soarelui începuse să se ducă. La înălțimea aceea, aerul devenise geros din cauza aceea. Rafalele de vânt nu ajutau defel, ci le mușcau obrajii și urechile cu sălbăticie. În afară de aceasta, stomacul bărbatului se rostogolea la fiecare balans al platformei și acesta se întrebă dacă ceilalți doi detectivi simțeau și ei acele efecte asemănătoare răului de mare.

— Ce voia bătrânul Grouchy? șopti Anna în urechea lui Mark pentru ca omul să-i audă cuvintele, în ciuda șuieratului vântului.

În același timp, femeia se temea ca nu cumva legistul să le asculte discuția, deși era destul de departe de ei.

— Cam ce vrea de obicei, știi tu, mormăi omul, iar chipul i se încruntă. Am întârziat, din fericire cadavrul nu miroase, știi ce vreau să spun, îi răspunse Mark, înfigându-și bărbia în capul pieptului pentru a-și proteja gâtul de răbufnirile vântului.

— Nu-l lăsa să-ți intre în cap. Așa trebuie procedat cu legistul ăsta, îl sfătui Josh, iar Mark își arătă recunoștința pentru sfatul său cu o încruntare.

Detectivul ridică din umeri, indiferent la mustrarea mută a colegului său. Lui Josh îi plăcea să trăiască într-o zonă de tip Zen, așa că evita absolut orice ce ar fi adus vreo umbră în traiul său liniștit.

— Al naibii de frig aici sus, observă Josh cu amărăciune, frecându-și mâinile una de cealaltă. Cum naiba poate cineva spăla ferestre iarna? se întrebă el cu o scuturare a capului, studiind numeroasele panouri de sticlă pe care le avea în fața ochilor.

— Oamenii trebuie să își câștige cumva pâinea, domnule, veni o voce gravă din spatele detectivului, iar Josh mai că tresări imperceptibil din cauza reproșului voalat.

Detectivul se întoarse să vadă cine vorbea, iar în spatele său, Mark, de asemenea, își înclină capul pentru a vedea dincolo de colegul său.

Ofițerul de poliție mai vârstnic, care ajutase la coborârea corpului pe cealaltă platformă, venise să le spună că doctorul dorea să le vorbească.

— De ce nu? mormăi Mark, strâmbându-se.

Abia aștepta să mai aibă o discuție plăcută cu doctorul care vădea un temperament oribil în cea mai bună zi a sa. Știa el că trebuia să discute despre cadavru cu legistul, dar asta nu însemna că și trebuia să îi surâdă acel lucru.

— Eu cred că noi ar trebui să așteptăm aici, domnule, interveni Anna, iar vocea ei pragmatică îi zgârie detectivului urechile. Nu am încredere că aceste platforme pot susține prea mulți oameni, ridică ea din umeri, vocea ei încercând să arate o urmă de regret.

Indiferent de atitudinea ei, nimeni nu credea că siguranța reprezenta motivul ei real de a sta departe de medicul legist.

— Mda, pariez că ăsta e motivul, mormăi Mark din nou, iar Josh, aflat lângă el, izbucni în râs.

— S-ar putea să nu fie principalul motiv al Annei, dar are dreptate, să știi. Nu ar trebui să ne adunăm cu toții pe o singură platformă. Este drum lung până jos dacă nu ai observat până acum, menționă bărbatul, după care își aruncă privirea în jos peste balustradă și se cutremură. Un drum mult prea lung, fluieră el, iar ochii i se măriră de teamă.

Perspectiva de a pierde platforma fragilă de sub picioarele lor devenise brusc mult mai înfricoșătoare decât înainte.

Mark își flutură mâna cu dezgust auzind cuvintele bărbatului, iar mai apoi îl urmă pe ofițerul de poliție pe cealaltă platformă, unde medicul legist își făcea examenul obișnuit la fața locului.

Detectivul avea senzația că era condus la ghilotină. Mark nu avea nici cea mai mică îndoială că doctorul va avea grijă să-l insulte de câteva ori până la sfârșitul discuției lor.

— Înțeleg că aveți unele vești pentru mine, îi spuse Mark doctorului pe un ton practic, știind că nu era cazul să se obosească să fie prea diplomatic pentru că, oricum, nu ar fi ajuns nicăieri cu medicul legist.

Doctorului Connelly nu îi păsa de tact și nu s-ar fi obosit să îl scutească de comentariile sale.

— Ei bine, s-ar putea să nu fie prea mult pe moment, recunoscu doctorul scoțându-și mănușile de pe mâni pentru ca, mai apoi, să le bage într-o pungă de plastic pe care o aruncă în geanta sa medicală.

Detectivul îl privea cu iritare. Doctorul îl chemase imperios, numai pentru ca să-l facă să aștepte ca un cățel bleg până ce termina el cu ritualurile sale.

Doctorul păru să îi citească gândurile pentru că își întoarse privirea dură spre Mark și îl privi drept în ochi. Omul se holbă la detectiv preț de câteva clipe până ce acesta începu să se foiască imperceptibil.

— Oricum, îți pot spune că omul a fost împușcat o singură dată în piept. Pot presupune că glontele i-a atins inima direct, considerând absența evidentă a sângelui. Adică vreau să spun că a sângerat, dar nu atât de mult precum ar fi făcut-o dacă inima ar fi continuat să pompeze sânge, adăugă el, arătând spre hainele victimei cu un gest plin de nerăbdare pentru a-și susține opinia.

— Deci cauza decesului este un glonte în inimă, trase Mark concluzia în grabă, pentru ca mai apoi să își muște buzele, dându-și seama că acea greșeală îl va costa mult.

Legistul îl privi pieziș, iar sprâncenele acestuia i se adunară deasupra nasului.

— M-ai auzit tu vreodată să avansez o cauză a decesului înainte de a face autopsia? îl întrebă omul pe Mark pe un ton înghețat.

Mark înghiți în sec și se blestemă că uitase de regula de aur a medicului. Detectivul era convins că bătrânul îi va ține o predică lungă și dureroară.

— Da, aveți dreptate, domnule, reuși detectivul să spună cu remușcare.

Doctorul mormăi ceva neinteligibil pe sub barbă, dar renunță să îl mai hărțuiască pe bietul detectiv, ceea ce îl ului și îngrijoră și mai mult pe Mark.

Acum detectivul nu era prea sigur de ce doctorul Connelly se hotărâse să îl lase în pace cu atât de multă ușurință, dar era înclinat să creadă că bătrânul i-o va plăti mai târziu, cu siguranță. Probabil, acesta va alege un moment când cuvintele lui vor avea un impact mult mai mare asupra lui Mark.

— Oricum, dacă este vreo consolare, aș putea spune că glontele a venit din direcția aceea, îi arată doctorul spre o fereastră de deasupra lor. Desigur, crăpătura în sticlă ar fi cam pe acolo, își flutură el degetele deasupra capului. Nu o putem vedea de aici. Teoria mea nu se bazează doar pe poziția rănii de ieșire. Omul putea să fi luat o pauză și să fi fost cu fața în partea cealaltă. Știu că nu am cine știe ce expertiză balistică, dar, cu toate acestea, îți pot spune că dacă cineva ar fi tras asupra victimei de pe partea de vizavi, împușcătura ar fi avut mai puțin impact, se întoarse doctorul, arătând spre zgârie norii de pe cealaltă parte a șoselei.

— Mulțumesc, asta ne ajută enorm, dădu Mark din cap cu recunoștință.

Cel puțin, acum, detectivii puteau să își concentreze ancheta asupra unei singure clădiri. Va trebui să pună întrebări oamenilor din clădirea de vizavi pentru a vedea dacă aceștia observaseră ceva, dar el, unul, se cam îndoia. Indiferent de situație, cel puțin nu trebuia să chinuie echipa de criminaliști și să le ceară să caute probe peste tot.

— Totuși, mă aștept ca glontele să fi căzut jos în stradă undeva, îl avertiză doctorul pe detectiv. Am văzut o rană de ieșire, deci glontele nu se găsește nicăieri în cadavru. Va trebui să trimiți pe cineva acolo jos să îl caute și cât mai curând. Este posibil ca vântul să fi zburat glontele cine știe unde sau poate că deja acesta a ajuns în colecția aiurită a cuiva, se strâmbă medicul legist. Mai este, de asemenea, posibil ca vreun pescăruș să fi considerat că i-ar folosi la ceva în cuibul său, mormăi el.

— Mda, ar trebui să fie destul de vesel să căutăm glontele acela, mormăi și Mark.

Gândul că era posibil ca o probă importantă să lipsească îl făcu să transpire.

— Oricum, eu am terminat aici. Cadavrul poate să fie transportat la morgă, iar eu voi face autopsia mâine. Am avut o zi plină astăzi, tinere, iar, în afară de aceasta, trebuie să mă întâlnesc cu familia fiicei mele pentru un coktail de după-amiază și cină după aceea, spuse omul, iar mai apoi, începu să îşi strângă lucrurile fără să îi mai dea nici cea mai mică atenție detectivului.

Mark îl privi pe om câteva secunde, încercând să își organizeze gândurile. După aceea, dădu din cap:

— Bine atunci, te las cu treaba ta.

Detectivul se întoarse și îi făcu semn unuia dintre ofițerii de poliție, care veni spre el.

— Adu pompierii să coboare cadavrul la nivelul străzii, spuse Mark. Ambulanța îl va prelua mai apoi și îl va duce la morgă.

Bărbatul îl urmări pe ofițeriul de poliție contactând pompierii prin stația portabilă, dar, cu toate acestea, gândurile lui erau departe de acțiunile lor. Detectivul încerca să construiască un plan de investigație în mintea sa, pornind de la informațiile sumare pe care le deținea.

Cum nu putea plănui prea mult, Mark așteptă, mai întâi, ca doctorul să plece, iar mai apoi îl sună la telefon pe liderul echipei criminalistice.

— Hei, George, doctorul tocmai a plecat. Vreau să trimiți un grup de oameni să caute glontele la nivelul străzii în jurul acestei clădiri.

Mark îl ascultă pe om prezentându-și îndoielile și întrebările, iar mai apoi îi explică:

— Da, doctorul a spus asta.

Expertul criminalist menționă că doctorul nu era altceva decât un medic legist și el, unul, considera că un expert balistic ar fi trebuit să își dea cu părerea în acea situație, pentru a determina traiectoria glontelui. Cuvintele lui îl enervară pe Mark.

— Știu că doctorul Connelly nu este expert în balistică, George, dar nu greșește el prea des. Mai mult decât atât, ar trebui ca tu să îi prezinți opinia ta dacă dorești, îi tăie el iute tirada într-o izbucnire de furie.

Expertul criminalist refuză imediat sugestia detectivului, iar Mark dădu din cap cu înțelegere. Nici el nu credea că omul ar fi îndrăznit să îl abordeze pe medicul legist. Pentru nimic în lume nu ar fi acceptat cineva să fi stârnit mânia sau sarcasmul acestuia de bună voie.

— Oricum, mai întâi trimite câțiva dintre oamenii tăi să caute nenorocitul ăla de glonte. Mai apoi, trimite o echipa aici sus pe platformă pentru a colecta orice probe ar exista.

George nu credea că ar fi fost prea multe probe rămase acolo, iar Mark împărtășea acea opinie.

— Mda, nici eu nu cred că vei avea prea mult noroc aici.

Când George interveni, din nou, cu una din părerile lui pesimiste privind acea situație, Mark își scutură capul și își frecă tâmplele cu degetele. Absolut totul îl călca pe nervi în acel moment.

— Știu că vântul ăsta e de groază, George, și că orice ar fi fost aici probabil că a și dispărut deja. Totuși, cred că merită să încerci, îi explică el pe un ton dur, sătul să îl tot audă pe om lamentându-se.

George mai dori să facă vreo câteva comentarii, dar Mark îi ordonă pe un ton dur:

— Doar fă ce ți-am cerut și mai scutește-mă de plîngerile tale.

Mark mai ascultă la cuvintele de la capătul firului pentru câteva momente. Se părea că George a înțeles că detectivul nu avea nici un chef să îi asculte sugestiile contrare și schimbase direcția discuției.

Expertul criminalist îl întrebă pe Mark cam ce ar fi considerat el că ar fi trebuit să facă pentru a găsi scena reală a crimei, iar detectivul îi răspunse:

— Cred că, mai întâi, va trebui să găsim de unde a venit glontele. Am auzit că ferestrele de la aceste clădiri nu se deschid. Dacă un glonte a fost tras din interiorul clădirii, atunci unul dintre panourile de sticlă trebuie să aibă o gaură în el, așa că nu va fi prea dificil să dăm peste el, teoretiză detectivul. O vom lua în sus cu platforma după ce termini cu ea, iar apoi vom verifica ferestrele. Trebuie să existe un punct de ieșire undeva. Vom continua cu investigația, mai apoi, de acolo, trase bărbatul concluzia.

Mark considera că ar fi fost bine dacă ofițerii care ajunseseră mai întâi la locul crimei nu ar fi mutat platforma pentru a ajunge la cadavru. Astfel, detectivii ar fi știut precis de unde se trăsese glontele.

Detectivul deconectă apelul cu un oftat profund. George era un bun profesionist, dar, cu toate acestea, câteodată, omul era în stare să îl facă să dorească să urle la lună. Abordarea lui negativă vizavi de absolut orice nu prea se potrivea cu temperamentul nerăbdător al lui Mark.

Detectivul își scutură capul pentru a mai scăpa din tensiunea pe care o resimțea în ceafă, iar mai apoi se întoarse la Anna și Josh pentru a le spune ce aflase.

— Vom avea o echipă aici sus pentru a verifica platforma aceea, își înclină omul capul sprea cealaltă platformă. După ce au terminat cu ea, vom începe să verificăm ferestrele de aici să vedem de unde a venit împușcătura, le explică el, fluturându-și degetele spre fațada clădirii. După ce găsim acea încăpere, putem începe o anchetă detaliată.

Ceilalți doi detectivi aprobară cu o mișcare a capului, iar Mark își strânse buzele, gândindu-se la ce altceva ar fi trebuit să facă. În ciuda acelui fapt, o privire oarecare aruncată spre Anna îl făcu să o cerceteze pe femeie cu mai multă atenție.

Buzele detectivei se învinețiseră, iar roșeața ce îi împodobea chipul demonstra că Anna se bucurase deja de prea mult vânt și că nu mai rezista multă vreme acolo. Bărbatul nu avea nici cea mai mică îndoială că femeia se va transforma într-un țurțure de gheață în curând.

— Anna, tu va trebui să te întorci la secție, decise Mark.

Detectivul nu își putea permite să o lase să se îmbolnăvească atunci când îi putea folosi aptitudinile altfel. Foarte pricepută la cercetare, femeia avea darul de a găsi informații relevante într-o grămadă de date aparent nefolositoare.

— Vreau să verifici tot ce poți legat de tipul ăsta de aici, spuse Mark, arătând spre cadavrul care își începuse călătoria în jos cu ajutorul pompierilor. Află tot ce poți despre el, dar, în special cam ce conexiuni avea.

— Mă îndoiesc că aceasta este o crimă legată de vreo afacere care a luat o cotitură spre sud sau cam așa ceva, observă Josh pe un ton sec. Uciderea individului nu pare să fie modul de operare al vreunui gang.

— Și ai avea dreptate, aprobă Mark, dând din cap, complet de acord cu evaluarea detectivului. Nu îmi pot imagina că cineva ar încerca să facă așa ceva. Doar gândește-te cât de dificil este să pătrunzi într-o astfel de clădire, spuse el aruncându-și privirea spre panourile de sticlă din fața lui și scuturându-și capul cu neîncredere.

Detectivul își frecă bărbia cu degetele și nu numai pentru a-și încălzi pielea abuzată de rafalele de vânt. Acel gest era un tic nervos obișnuit pentru el atunci când învârtea diverse idei prin minte.

— Să faci așa ceva doar cu scopul de a-l ucide pe individul acela, adăugă Mark pe un ton gânditor. Măsurile de securitate sunt destul de complicate în zona aceasta. Mai mult decât atât, ucigașul trebuia să ghicească locul exact unde s-ar fi aflat victima la un moment dat și să intre în camera cu fereastra potrivită, adăugă el. Prea multă bătaie de cap pentru așa ceva, își scutură el capul. Ar fi fost mult mai simplu să îl aștepte pe individ undeva, zic eu, trase Mark concluzia, iar colegii lui se arătară de acord cu ipoteza sa. Oricum, tot trebuie să aflăm ce legături avea victima, se întoarse Mark din nou spre Anna, iar femeia îl aprobă, dând din cap scurt. Josh și eu vom vedea ce putem afla aici, Anna. Te vom contacta înainte de șase pentru a-ți spune dacă e cazul să ne aștepți la secție sau să pleci spre casă, o preveni el.

— Am priceput, boss, îl salută Anna în batjocură. Acum, ați vrea voi doi să treceți pe cealaltă platformă ca să pot coborî? îi întrebă femeia grăbită, abia așteptând să plece de acolo.

Anna deja nu își mai simțea vârfurile degetelor sau al nasului. Detectiva uitase și că avea obraji și, pur și simplu, simțea arsura a două blocuri de gheață pe piele.

Ceilalți doi detectivi săriră pe cealaltă platformă, iar femeia strigă în urma lor:

— Cumpărați niște ceai să vă încălziți, băieți.

CAPITOLUL OPT

Echipa de criminaliști descoperi panoul de sticlă care avea o gaură în el după ce cercetară fațada clădirii preț de numai zece minute. Localizarea încăperii la care corespundea acea fereastră în interiorul clădirii le luă ceva mai mult.

Când omul de la recepția din lobby i-a condus la apartamentul de unde se trăsese glontele, Mark și Josh se simțeau deja extenuați.

Nici unul dintre ei nu se dovedise a fi prea bun la topografie și avuseseră nevoie de ajutorul unui alt ofițer de poliție pentru a deduce, într-un sfârșit, poziția apartamentului respectiv. Înainte de a îi cere ofițerului ajutorul, bărbații s-au ciondănit de nebuni, distrându-i astfel pe unii dintre experții criminaliști, care au fost martori la scenă.

Administratorul le-a explicat detectivilor că trebuiau să contacteze direcțiunea dacă doreau să afle cine erau proprietarii sau chiriașii. El, unul, nu știa decât numele scris în registrul de la parter: Jones.

Omul îl văzuse pe individul care se presupunea a fi Jones venind și plecând, dar nu foarte des. Uneori îi surprindea chipul pe monitoarele de supraveghere. Aparent, individul prefera intrarea laterală, ceea ce îl ajua să evite lobby-ul complet.

— L-ai văzut cumva astăzi? se interesă Mark după ce administratorul descuie ușa de la apartament.

Omul se trase înapoi pentru a le permite detectivilor să intre în interior, iar mai apoi dădu din cap afirmativ.

— Da, domnule. Era în jurul prânzului, cred. Știu că tocmai mă gândeam că ar fi momentul să îmi iau pauza de amiază și să îmi mănânc sendvișul, le explică administratorul după vreo câteva secunde de meditație.

— A venit prin lobby? se interesă Mark, iar sprânceana dreaptă i se arcui sus pe frunte.

— Nu, l-am văzut pe monitor. Nu era singur, apropo, îi informă omul. Alți doi indivizi și două tinere femei îl însoțeau.

— Asta este interesant, observă Josh. Tineri sau...

— Da, erau mai tineri decât domnul Jones, își aminti administratorul. Nu le-am văzut pe femei prea bine. Bărbații păreau să formeze un cerc strâns în jurul lor. Ca și cum ar fi vrut să le protejeze de ceva, ridică omul din umeri. Oricum, considerând felul în care mergeau, erau și ele tinere.

— În regulă, mulțumesc, dădu din cap Mark. Te rog, așteaptă aici pentru o clipă. Ne vom duce înăuntru să aruncăm o privire și dacă totul este în regulă, venim să te luăm și pe tine.

Ochii omului se lărgiră ușor de spaimă. Nici măcar nu îi trecuse prin minte până atunci gândul că ar fi existat vreun pericol. După aceea, îi privi pe detectivi intrând în apartament cu pași grijulii. Administratorul clocotea din cauza curiozității și se aplecă în față, aplecându-și capul ca să poată urmări traseul polițiștilor prin holul apartamentului.

Mark fluieră surprins când ajunseră în camera de zi. Deși încăperea nu era răvășită, încăperea arăta urme vizibile de luptă. Domnul Jones încercase să pună totul la loc, dar se părea că pierduse din vedere câteva lucruri. Detectivul trase concluzia că probabil omul fusese în prea mare grabă.

— Mă întreb cine s-a luptat cu cine aici, observă Josh, privind în jur.

— Mda, asta ar fi interesant de aflat, observă Mark pe un ton sec. Probabil că au crezut că spălătorul de geamuri îi putea vedea prin fereastră și au decis să îl reducă la tăcere.

— Așa cred și eu, îl aprobă Josh cu o mișcare a capului. Deși, cât de idiot trebuie să fi ca să nu observi că ferestrele sunt tratate? Tipul ucis nu ar fi putut vedea de afară ce se întâmpla aici, nu-i așa? se minună omul.

— Știu ce vrei să spui, dădu Mark din cap. Desigur că nu putea vedea nimic. Și nu pot crede că domnul Jones nu știa chestia aceasta, spuse el, scuturându-și capul după ce se gândi la acea prezumție preț de câteva secunde. Trebuie că victima a fost ucisă de către unul dintre ceilalți patru, își prezentă detectivul concluzia.

— Probabil, îl aprobă și Josh, plimbându-se prin încăpere cu grijă pentru a nu deranja nimic. Interesant, exclamă el, iar Mark își întoarse capul în direcția lui.

— Ce este așa de interesant? întrebă bărbatul.

— Cred că avem sânge pe aici, îi răspunse detectivul. Și nu numai o picătură sau două, își scutură el capul. Trebuie să aducem aici echipa criminalistică, observă el.

— Mda, nu putem să continuăm contaminarea scenei. Nu mă așteptasem să dăm peste sânge și în interior, își strânse Mark buzele, supărat din cauza lipsei sale de prevedere când venea vorba de așa ceva.

Uneori, era și el de acord cu Leah că el, unul, nu era în stare să vadă tabloul în întregime și mărșăluia într-o anume situație fără prea multă prevedere. Detectivul își promisese deseori să se oprească și să se gândească înainte de a face ceva, dar uita de asta tot timpul.

Supărat din cauza lipsei sale de consistență, Mark își scutură capul și își încleștă pumnii. Se întrebă ce urma să spună șefa sa atunci când se va întoarce la biroul în câteva zile.

Brusc, bărbatul strănută atât de tare că îl sperie pe colegul său.

— Te îmbolnăvești, omule. Asta numai din cauza frigului de pe idioata aia de platformă, menționă Josh.

— Ah, nu, nu cred că mă îmbolnăvesc, își flutură Mark mâna, îndepărtând cuvintele lui.

Deși așa ceva ar pica bine pentru atunci când se va întoarce Leah. Nu este ea genul care să lovească un om atunci când se găsește deja la pământ, se gândi el.

Mark și Josh se reîntoarseră la ușă unde îi aștepta administratorul. Omul dori să îi întrebe pe cei doi detectivi ce găsiseră, dar Mark își ridică mâna și îi opri orice posibile întrebări.

Detectivul îi chemă pe experții criminaliști pentru a se ocupa de încăpere, iar apoi îl informă pe administrator că nimeni nu avea permisiunea să intre acolo pentru o vreme. Dacă domnul Jones se întorcea, acesta putea verifica cu poliția pentru a afla ce progres s-a mai făcut în ancheta criminalistică.

Mark îi înmână o carte de vizită bărbatului pentru a i-o da domnului Jones mai târziu dacă acesta se arăta la față. În ciuda gestului său, detectivul se îndoia că domnul Jones s-ar mai întoarce acolo pentru moment dacă deja văzuse ofițerii de poliție care patrulau peste tot în clădire.

De altfel, din cauza găurii din panoul de sticlă nimeni nu ar fi dorit să locuiască acolo. Era ea mică, dar temperatura deja coborâse cu câteva grade în interiorul apartamentului din cauza ei.

Domnul Jones nu putea da o explicație inocentă pentru apariția acelei găuri, așa că nu putea cere ca un nou panou să fie instalat. *Dacă o fi posibil să instalezi un altul*, se întrebă Mark. Lui, unuia, i se părea o sarcină extrem de dificilă.

— Vom avea nevoie de înregistrările de la camerele de supraveghere, te rog, îi ceru Mark administratorului. Numai filmul cu domnul Jones și însoțitorii săi, se gândi el să specifice.

Omul îl privi pe detectiv cu teamă preț de câteva secunde.

— Va trebuie să cer permisiunea supervizorului meu, domnule, îl informă acesta după aceea. Nu pot să v-o dau așa, pur și simplu.

— Nu e nici o problemă, îl asigură Mark. Îl vom contacta pe directorul clădirii. Sper că el poate decide asupra acestui aspect, spuse el, privindu-l fix pe administrator.

— Oh, da, cu siguranță, dădu acesta din cap cu entuziasm. El este omul potrivit pentru așa ceva, îl asigură el pe detectiv.

— Bun atunci, îl plesni Mark peste umăr. Hai să îl contactăm atunci.

Detectivul îi făcu semn lui Josh să rămână acolo cu echipa criminalistică, iar mai apoi îl invită pe administrator să îi arate drumul spre biroul directorului.

O privire scurtă aruncată spre ecranul telefonului său îl informă pe Mark că era deja ora șase seara. Oftând în sinea sa, omul se încruntă. O fi început ziua aceea încet, dar el, unul, deja lucrase câteva ore în plus peste program.

CAPITOLUL NOUĂ

Mark se târî în biroul lui Leah devreme de dimineață. Cu o grimasă pe chip, bărbatul observă că nimeni din schimbul său nu sosise încă la birou, iar un singur detectiv din schimbul de noapte se găsea în sala comună a detectivilor. Oricum, și acesta era pe jumătate adormit la biroul său și nici măcar nu observă sosirea lui Mark.

Cu un oftat, Mark se așeză pe scaunul său, iar mai apoi își sprijini mâinile pe masă. Extenuat, bărbatul își puse capul în mâini și oftă din nou. Detectivul era atât de obosit că simțea nevoia să își lase capul pe masă și să mai doarmă cel puțin încă o oră.

Cu toate acestea, Mark știa că nu putea face așa ceva. Îl aștepta munca, iar, curând, colegii săi urmau să ajungă și ei la birou.

Cu un efort imens, bărbatul se ridică în picioare și se îndreptă spre mașina de cafea, pe care Leah o instalase într-unul din colțurile biroului. Puse apă și cafea în mașină, iar mai apoi se sprijini de dulapul de lângă cafetieră, așteptând ca procesul de fierbere să ia sfârșit.

Mark își dorise să cumpere niște cafea de la un Tim pe drumul spre birou, dar coada lungă din cafenea îl descurajase. Extenuat, omul nu credea că ar fi supraviețuit până ce i-ar fi venit rândul.

Când șuieratul obișnuit care îl anunța de încheierea procesului de pregătire a cafelei îi ajunse la urechi, Mark luă una dintre cănile de pe raftul de deasupra cafetierei și o umplu cu lichidul negru.

Bărbatul decise să nu își mai piardă timpul adăugând zahăr sau altceva în cafea, ci își duse ceașca la birou și își porni computerul. După aceea, detectivul se întoarse într-o parte, își puse picioarele pe masă și începu să soarbă din cană, așteptând ca programul de pe computer să se deruleze.

Cenușiul zilei nu prea prevestea că vor avea o zi bună, iar omul oftă încă o dată. I se făcuse lehamite de atâta iarnă și abia aștepta să vină primăvara.

Cu toate acestea, mai exista speranță, se gândi Mark, observând un stol de păsări. Felul în care acestea zburau îl atenționa că vremea se va schimba curând.

Detectivul continuă să privească afară pe fereastră, în timp ce gândurile îi săreau de la un lucru lipsit de importanță la altul. Omul aproape că uită de scopul venirii sale la birou atât de devreme în acea dimineață.

O lumină de pe ecranul computerului îi atrase privirea, iar bărbatul se întoarse spre monitor și observă că trebuia să își introducă parola.

Dezamăgit, cu un oftat, Mark își coborî picioarele la podea. Scurta lui pauză se terminase deja. Își puse cana deoparte, trăgând tastatura în fața sa. Introduse parola, dar programul refuză să pornească și îl informă că parola nu era corectă.

Mark scrâșni din dinți și își blestemă propria oboseală. După aceea, introduse, din nou, parola, numai pentru a blestema încăpățânarea computerului de data aceasta. Se părea că din nou făcuse o greșeală.

Cu o scuturare exasperată a capului, detectivul își introduse parola lent, literă cu literă. Omul știa că i se va bloca contul dacă mai făcea o a treia eroare.

Mark nu avea nici un chef să aștepte fără să facă nimic până ce serviciul tehnic i-ar fi deblocat contul, considerând că venise mai devreme la muncă tocmai pentru a se ocupa de unele lucruri înainte de sosirea colegilor săi. Așa ar fi putut rămâne acasă pentru a dormi cel puțin treizeci de minute în plus.

Bărbatul aproape că izbucni în urale când îi apăru propriul desktop pe ecran. Accesă, mai apoi, internetul și își deschise contul de mail.

După cum se așteptase, Anna îi trimisese un raport cu cercetările ei din seara precedentă, iar Mark abia aștepta să-l citească.

Detectivul descărcă raportul și începu să treacă prin informațiile descoperite de către Anna. Când ajunse la pasajul relatând intenția victimei de a-și cere iubita de soție chiar în seara de dinainte, tristețea îl copleși pe Mark, ceea ce nu era prea înțelept. Detectivului îi părea rău pentru victimă, dar și pentru iubita acesteia, care fusese lăsată în urmă.

Aceasta îl așteptase la locul lor special în noaptea aceea, iar mai apoi se înfuriase când Jose nu apăruse. Femeia mai că îl urâse pe tânărul bărbat în seara aceea. Ea auzise deja de la prietenul lui Jose că bărbatul intenționa să o ceară de soție. Fusese extrem de fericită, dar, după aceea, bărbatul nu se obosise să apară la locul de întâlnire și nici nu o contactase. Până la urmă, femeia considerase că Jose și prietenul său inventaseră acea poveste pentru a se amuza pe seama ei.

Tânăra femeie își promisese să îl facă să plătească pentru acel lucru și începuse să își plănuiască răzbunarea, numai pentru ca mai târziu să afle că prietenul ei fusese ucis.

Cu ochii umezi, detectivul strânse din dinți și își continuă lectura. După cum se aștepta, victima nu avea nici un fel de conexiuni cu grupuri dubioase, iar uciderea sa se dovedea inutilă.

Teoria lor cum că omul fusese omorât pentru că cineva din interiorul apartamentului se temuse că spălătorul de ferestre văzuse ceva deveni din ce în ce mai puternică.

Mark se ridică de pe scaun și se îndreptă spre fereastră, apăsându-și tâmplele cu vârful degetelor. Detectivul încercă să își organizeze gândurile pentru a continua investigația uciderii lui Jose.

Atunci când se simți satisfăcut de planul pe care îl construise în minte, omul se întoarse la biroul său și începu să împartă diverse sarcini între Anna și Josh pentru ca aceștia să se ocupe de ele în momentul în care ar fi sosit la birou.

Mai apoi, detectivul scoase relatarea pe care o scrisese Soledad cu o zi înainte și o citi, făcând diverse note într-un fișier pe care îl deschisese pe desktop. Cel mai mult insistă pe descrierile oamenilor, indiferent cât de vagi păreau unele dintre ele, dar și pe descrierea locurilor.

Mark se hotărî să numească vreo câțiva ofițeri de poliție care să se ocupe de locurile respective, evident, îmbrăcați civil. Voia să îi prindă pe răpitori, nu să îi avertizeze că erau pe urmele lor.

După ce finaliză planurile și pentru a doua investigație, Mark își luă cana și se îndreptă din nou spre cafetieră. Merita o altă ceașcă de cafea, în fond.

Mark aruncă o privire rapidă la ecranul telefonului său, iar din cauza surprizei se încruntă. Omul își dăduse seama că petrecuse deja mai bine de o oră și jumătate cufundat deplin în munca sa.

CAPITOLUL ZECE

În jurul orei unsprezece, Anna îl informă pe Mark că primiseră noi informații despre domnul Jones. Directorul care se ocupa de clădirea unde avusese loc crima le trimisese către poliție. Detectiva începuse deja să le cerceteze și îi promise lui Mark că va veni la el imediat după ce va avea ceva definitiv.

O oră mai târziu, Mark îi verifică progresul, dar află că, din păcate, acele hârtii nu o ajutaseră prea mult.

Într-adevăr, Jones poseda apartamentul din acea clădire, dar, cu toate acestea, nu erau prea multe date în dosarul trimis de către director. Acesta conținea numai o copie a documentului dovedind statutul de proprietar al lui Jones și chitanțele pentru plățile de întreținere.

Cu acea ocazie, Anna îi mai spuse lui Mark că ea deja verificase dacă era posibil să găsească alte informații despre Jones din rețea. Din nefericire, până atunci, nu dăduse peste nimic.

Individul nu părea să lucreze undeva sau să dețină vreo companie. Nu avea niciun fel de familie. Anna nu reușise să descopere alte proprietăți pe numele lui. Cel puțin, dacă ar fi descoperit vreuna, poliția ar fi putut să o verifice.

Mai apoi, Anna a încercat să găsească declarațiile de impozit ale omului, dar nu o surprinsese prea mult faptul că nu a dat peste nimic. Individul părea să fie un ecran de fum pentru altceva.

Concluzia detectivei îl necăji pe Mark pentru o vreme, dar, mai apoi, omul se hotărî să încerce și alte căi de cercetare. Nimeni nu putea trăi fără a lăsa vreo urmă.

O idee îi răsări în minte și o chemă pe Anna în biroul său pentru a o discuta. Omul plătea taxele de întreținere. În acest caz, trebuia să existe vreo urmă financiară pe undeva, iar dacă Anna ar fi putut-o urmări, poate că ar fi obținut răspunsuri diferite.

Anna ciocăni în tocul ușii pe care Mark o lăsase deschisă mai devreme, iar detectivul o invită să intre în birou.

După ce luă loc în fața mesei lui, Anna oftă profund și spuse:

— Am vrut să te informez ce am aflat despre cardul pe care Jones l-a folosit pentru a face plățile la clădire.

— Deci, ai dat peste ceva? o întrebă detectivul, clocotind de speranță, nu prea surprins că Anna se gândise la așa ceva, din moment ce detectiva era cel mai bun cercetător pe care îl avea departamentul.

Anna, însă, își scutură capul cu mâhnire.

— Nu prea. Omul nu este altceva decât o fantomă, Mark. Nu pot găsi nici un fel de informații despre el. Vreau să spun că, într-adevăr, am luat urma cardului de credit. Este sub numele de Jonathan Jones. Este unul dintre acele carduri folosite frecvent în Statele Unite, spuse ea, gesticulând. Știi despre ce vorbesc, insistă femeia când observă privirea confuză a lui Mark. Acele carduri pentru care oamenii aplică după ce primesc un pachet în cutia poștală. Nici nu trebuie să meargă la bancă pentru a semna ceva, adăugă detectiva.

Bărbatul înțelese acum. I-ar fi putut cere Annei să discute cu banca din State, dar așa ceva însemna multă bătaie de cap și multă birocrație de învins. Detectivul se îndoia că ar fi descoperit ceva și, oricum, timpul ei putea fi folosit altfel.

Și totuși, Mark nu își pierdu curajul. În seara precedentă, îl trimisese pe Josh la secție împreună cu acele casete de la camerele de supraveghere care îi interesau. Omul încă mai aștepta ca echipa tehnică să termine cu acestea, dar spera că va putea folosi unele din fotografiile oamenilor implicați pentru a afla, mai apoi, pe unde se aflau aceştia.

— În regulă, Anna. Pe moment, nu mă mai pot gândi la nimic altceva. Presupun că ofiţerii pe care i-am trimis să pună întrebări oamenilor din clădire nu s-au întors încă, se interesă Mark.

— Nu, nu încă, îşi scutură Anna capul, iar apoi îşi aruncă privirea la ceasul de la mână. Este deja trecut de doisprezece, Mark. Cred că mă duc să îmi iau pauza de prânz acum. Dacă te gândeşti la altceva, anunţă-mă, spuse femeia, ridicându-se şi îndreptându-se spre uşă.

— Bucură-te de pauză, îi ură Mark, iar apoi se întoarse la fişierul pe care îl avea deschis pe ecran pentru a verifica cam ce ar fi trebuit să facă în continuare.

Bărbatul nu se oferise să o însoţească şi el la prânz pentru că nu era suficient de flămând pe moment. Nici măcar cu o oră în urmă, Mark cumpărase o pungă de chipsuri şi o ciocolată de la automatul din încăperea dedicată angajaţilor unde aceştia îşi puteau petrece pauzele.

Mai devreme, Josh îl sunase pe Mark şi îi spusese că domnul Jones nu se mai întorsese la apartament, iar maşina acestuia continua să lipsească din parcare. Detectivul trimisese numărul maşinii la departamentul de circulaţie al poliţiei, aşa cum îi ceruse Mark, dar, până în acel moment, nimeni nu zărise acel vehicul pe undeva.

Mark presupuse că Jones deja se descotorosise de maşină, dar ei tot trebuiau să arunce o privire în interiorul ei. Sângele pe care îl găsiseră în apartament ridicase o mulţime de întrebări, iar, probabil, unele dintre răspunsuri puteau fi descoperite în acel vehicul. Echipa criminalistică nu găsise nici o altă probă până atunci.

Totuşi, detectivul îşi imagină că, dacă Jones era suficient de inteligent, deja se îngrijise de demontarea maşinii pentru a o vinde pentru piese. Acel vehicul devenise cel mai vicios inamic al lui din momentul în care prima picătură de sânge a atins perna de la pe un scaun sau podeaua.

Mark își scutură capul, acceptând faptul că era posibil să nu aibă șansa de a cerceta automobilul omului. Jones nu lăsase nici un fel de probe în urmă, așa că știa să nu se expună. Parcarea mașinii undeva la vedere, gata să fie cercetată de către criminaliști nu prea părea să fie ceva ce omul ar fi dorit să facă.

Ajungând la concluzia că trebuia să considere acea cale de investigație închisă, Mark se întoarse la celelalte puncte din planul său de atac.

Raportul autopsiei făcute de medicul legist sosise în căsuța poștală a detectivului mai devreme, dar nu adusese nimic nou. Glontele care traversase inima lui Jose reprezenta, acum, cauza oficială a decesului, iar doctorul Connelly nu mai avusese nimic altceva de spus despre rană. El notase doar că victima fusese un bărbat tânăr, în stare bună de sănătate, cu o condiție fizică bună. În concluzie, nu îi venise încă timpul să moară.

Mark tăie raportul privind autopsia de pe lista lui cu lucruri de verificat și merse mai departe. Știa că urma să audă unele vești de la echipa criminalistică mai târziu după amiază. Cu toate aceste, pe moment, bărbatul se simțea inutil, neavând alte indicii de urmărit.

Agitat, Mark se ridică de pe scaun și se îndreptă spre fereastră cu mâinile înfipte în buzunare. Gânditor, omul privi afară pe fereastră, fără a vedea, însă, nimic. Nu luă în seamă nici norii grei de pe cer, care avertizau că urma să vină un nou val de zăpadă, și nici nu observă că vântul se mai întețise puțin față de dimineață.

— Hei, Mark, veni vocea lui Josh dinspre ușă. Ai cumva o clipă? se interesă bărbatul politicos, chiar dacă știa că Mark și-ar fi dorit să discute cu cineva.

Josh lucra cu Mark de câțiva ani buni și învățase deja idiosincraziile omului. Ori de câte ori Mark avea un caz și părea gânditor, însemna că ar fi dorit să aibă pe cineva alături de el pentru ca să își expună ideile. Dacă, însă, detectivul părea cufundat în gânduri din cauza unei probleme personale, atunci acesta avea nevoie de spațiu și trebuia să fie lăsat singur.

În acel moment, detectivii se găseau în plină anchetă a unui caz complicat. Crima nu părea să aibă o cauză aparentă, iar ei nu dăduseră peste niciun fel de indicii pe care le-ar fi putut folosi în investigația lor. De aceea, Josh considera că putea presupune fără eroare că, de fapt, colegul său se gândea la acel caz.

Mark se întoarse spre Josh și, cu un gest larg, îl invită pe acesta să intre în birou și să ia loc. După aceea, se întoarse și el la masă sa și se așeză pe scaunul de la birou.

— Deci, a apărut ceva nou? se interesă Mark pe un ton plin de speranță.

— Nu cine știe ce, își scutură Josh capul. Dar, unul dintre ofițeri a reușit să îl intervieveze pe tipul care locuiește alături de Jones. Vecinul a spus că a observat vreo doi tineri care îl vizitau pe Jones, uneori însoțiți de tinere femei, deși nu mereu.

— Asta este chiar interesant, remarcă Mark, iar ochii îi străluciră din cauza entuziasmului. Chiar mi se pare un pic ieșit din comun că numai tineri îl vizitau pe Jones. Cam câți ani să aibă individul? Patruzeci și cinci? Cincizeci? se interesă el.

— Da, presupun, îi răspunse Josh, ridicând din umeri. Cel puțin toată lumea îl descrie ca fiind un bărbat de peste patruzeci sau cincizeci de ani. Poate că individul arată rău pentru vârsta lui, dar nu prea îmi vine să cred, își scutură omul capul.

— De ce nu? îl întrebă Mark, confuz, pentru că el, unul, nu ar fi putut face o asemenea presupunere fără să-l fi întâlnit pe individ înainte.

— Păi, unii oameni au spus că este în formă bună. Unul dintre vecinii săi a dat peste el în sala de fitness dimineața la ora șase. Aparent, individului îi plăcea să se antreneze foarte devreme. Nimeni nu l-a văzut acolo la o altă oră, îl informă Josh pe Mark.

— Am priceput, dădu Mark din cap. Bine, ce altceva a mai spus vecinul de alături? se mai interesă el.

— Păi, omul a spus că nu i-a prea plăcut ceea ce a văzut pe chipurile acolor femei, îi spuse Josh. Indiferent de situație, omul nu avea nici un motiv să creadă că se petrecea ceva aiurea acolo, așa că nu s-a plâns și nici nu a spus nimănui nimic, își deschise detectivul brațele cu mâhnire. Și apropo, înțeleg că izolarea este chiar foarte bună în acele apartamente. Îmi imaginez că trebuie să fie, ținând cont de prețurile care se practică, observă el. Nici un fel de sunet nu se aude prin pereți. În consecință, tipul nu a putut să ne spună prea multe, ridică omul din umeri.

— Mda, se pare că acesta este consensul general, observă Mark cu amărăciune. Nimeni nu ne poate spune mai mult. Pe moment, nu știm absolut nimic mai mult decât ieri, remarcă el.

— Nu îți fă griji, Mark. Ceva tot va apare, îl încurajă Josh. Întotdeauna aflăm noi câte ceva, adăugă bărbatul, chiar dacă și el știa că, uneori, lucrurile nu prea mergeau așa pentru că, altfel, poliția nu ar fi avut atât de multe cazuri nerezolvate.

Mark ridică din umeri cu nonșalanță, dar, de fapt, era departe de a fi indiferent. Acela era primul mare caz care îi aterizase în poală și el trebuia să îl rezolve pentru a-și dovedi valoarea în fața lui Leah.

Oamenii considerau că el nu era conștient de impresia pe care o aveau despre el. Cu toate acestea, bărbatul suferea cumplit că reputația sa era cea a unui detectiv bun, dar care nu prea poseda cine știe ce entuziasm. Mark recunoștea că era prea leneș pentru binele lui uneori, dar acel lucru nu însemna că nu muncea din greu alte ori.

— Poate fotografiile de pe casetele de la camerele de supraveghere ne vor ajuta mai mult, sublinie Josh pentru a-i ridica moralul colegului său.

— Așa sper, îi răspunse Mark. Dar se pare că tipii de la tehnic nu prea se grăbesc să ni le trimită, observă el.

— Păi, probabil că încearcă să obțină niște poze bune, îi replică Josh, ridicând din umeri. Lasă-mă să discut cu ei și apoi vin înapoi, spuse omul, ridicându-se de pe scaun.

Mark îi aprobă cuvintele cu o mişcare a capului, iar mai apoi îl urmări pe Josh cu privirea până ce acesta ieşi din birou. Neştiind ce să mai facă, detectivul începu să bată darabana cu degetele pe marginea biroului, mintea lui căutând o soluţie febril. Pentru a nu irosi timp preţios, se hotărî să mai citească încă o dată relatarea lui Soledad. După ce termină cu povestirea ei, trecu în revistă şi ce îi scrisese Victor şi, mai apoi, se lăsă pe spate în scaun, închizând ochii.

Soledad le oferise descrieri foarte bune ale tinerilor care se ocupaseră de răpirea pacientei ei şi de vânzarea ei către clienţi. Ea reuşise şi să surprindă detalii ale interiorului clădirilor unde tânăra femeie fusese ţinută prizonieră. Acestea păreau să arate ca nişte grajduri convertite, cu ciment pe podele şi uşi închise cu lacăte.

Mark trebui să admită că ceea ce descoperise Soledad în ceea ce privea afacerea de trafic uman ar fi putut ajuta poliţia să găsească locaţia exactă şi să îi aresteze pe criminali.

— Hei, avem pozele, anunţă Jos cu satisfacţie, întorcându-se înapoi în încăpere. Sunt bune, au definiţie foarte ridicată, tot ce vrei, rânji bărbatul.

— Ei bine, hai să ne uităm la ele atunci, îl invită Mark să ia loc pe scaun şi apoi luă pozele din mâna lui.

Josh se aşeză jos pe scaunul din faţa biroului lui Mark şi aşteptă ca omul să treacă prin fotografii.

— Oh, Doamne, exclamă Mark după câteva momente.

— Ce e? se aplecă Josh peste masă să vadă ce îl stârnise pe detectiv.

— Trebuie să plec, se ridică Mark în grabă. Avem dubluri la aceste poze? se interesă el. Trebuie să le iau pe acestea cu mine, dar vreau ca tu să încerci programul de recunoaştere facială pentru a încerca să afli cine sunt aceşti indivizi, îi explică detectivul lui Josh.

— Da, avem dubluri, îl asigură el pe Mark. De asemenea, avem totul pe o cheiţă USB, aşa că pot încărca fotografiile direct în program. Dar, totuşi, unde naibe te duci? se interesă omul uluit, privind în urma lui Mark cu ochiii mari.

— Trebuie să o văd pe Soledad de îndată, îi răspunse Mark, îndreptându-se spre locul unde își lăsase haina în acea dimineață.

— Acum asta chiar e interesant, spuse Josh și mai apoi fluieră ușor. Și cam cum o să dai de ea? se gândi omul să întrebe, iar una dintre sprâncene i se curbă în sus pe frunte.

Brusc, Mark se opri din încercarea de a-și trece brațul prin mâneca hainei și se holbă la Josh, dându-și seama că omul avea dreptate.

— La naiba, dacă știu, admise bărbatul după câteva secunde.

Detectivul nu se obosise să îi ceară femeii informațiile de contact pentru că se îndoise că va mai vorbi cu ea vreodată.

— Încearcă să vorbești cu Victor, îi sugeră Josh, aplecându-și ușor capul pe o parte.

— Ah, da, asta e o idee bună, aprobă Mark, după care reuși, în sfârșit, să își strecoare brațul prin mânecă și se întoarse să ia fotografiile și un teanc de hârtii de pe masă. Cred că am nevoie de un dosar sau cam așa ceva pentru chestiile acestea, murmură el.

— Anna are o grămadă de chestii din astea. Vorbește cu ea, îl sfătui Josh, trecând pe lângă Mark în drum spre ieșirea din cameră și plesnindu-l peste umăr. Să ai parte de distracție, amice, rânji el spre Mark, mișcându-și sprâncenele.

Detectivul avea propriile sale idei despre graba în care se afla Mark. Simțise și el curenții subterani dintre Soledad și colegul său și se gândise el că cei doi vor găsi o cale să se dueleze verbal din nou, într-un fel sau altul.

— Nu fi idiot, îi replică Mark cu duritate în voce. Aceasta nu va fi o vizită socială. Trebuie să discut cu Soledad despre caz, își informă el, mai apoi, colegul, încruntându-se.

— Da, da, știu, râse Josh, fluturându-și mâna cu nonșalanță, iar mai apoi, cu o scuturare a capului, părăsi încăperea lăsându-l pe Mark în urmă.

Detectivul privi fix în urma lui Josh preț de câteva clipe, iar mai apoi îl urmă scuturând din cap cu dezamăgire. Nu înțelegea defel de ce oamenii perseverau în a vedea lucruri care nu existau decât în imaginația lor.

CAPITOLUL UNSPREZECE

Mark îl sună pe Victor din parkingul secției de poliție și obținu numărul de telefon al lui Soledad. După discuția tulburătoare pe care o avusese cu Josh, bărbatul nu dorea să vorbească cu Victor din biroul său, temându-se că altcineva ar auzi ce voia să afle și ar face din țânțar armăsar. Cel puțin, Victor nu îl tortură cu insinuări stupide și îi dădu numărul de telefon fără să prelungească discuția.

Cu un oftat de ușurare, Mark formă numărul tinerei femei și aranjă o întâlnire cu ea pentru un dejun de lucru în oraș în scurt timp.

Detectivul se asigură să folosească expresia *prânz de lucru*, nedorind ca femeia să își facă cine știe ce idei greșite. Cuvintele lui Josh încă îl mai urmăreau, iar Mark nu era deloc interesat să construiască vreo relație cu Soledad dincolo de limitele cazului la care lucra.

După o scurtă conversație, cei doi aranjară să se întâlnească la un Subway în apropierea spitalului pentru că Soledad nu putea să își ia mai mult de patruzeci și cinci de minute pentru pauza de prânz.

Pe Mark nu îl deranjă alegerea ei pentru masa de prânz. Lui îi plăcea să mănânce la un Subway din când când, ba chiar simțea nevoia unui sendviș zdravăn pe ziua aceea. Omului nu-i fusese foame înainte de a vorbi cu ea, dar acum, avea senzația că ar fi putut mânca un cal întreg.

În ciuda traficului, detectivul ajunse la locație cu cinci minute înainte de întâlnirea lor, așa că o așteptă pe Soledad în fața clădirii, de unde îi urmări, cu o privire indiferentă, pe oamenii care veneau și plecau.

Frigul din aer îl determină să îşi înfigă mâinile în buzunare şi să îşi mişte picioarele tot timpul. Chiar dacă provenea din provincia Quebec, lui Mark nu îi plăcea iarna deloc. Mai mult decât atât, anii petrecuţi în Toronto îi slăbiseră rezistenţa la elementele naturii. Ori de câte ori se întorcea acasă ca să îşi viziteze familia, Mark tremura de frig mai tot timpul.

Mark o observă pe Soledad de departe. Tânăra femeie avea un mers leneş care îi scotea în evidenţă şoldurile rotunde şi bustul impresionant. Pe ziua aceea, femeia îşi împletise părul întunecat într-o coadă franţuzească groasă, care îi ajungea până la jumătatea spatelui şi care sărea în sus la fiecare pas pe care femeia îl făcea.

După câteva secunde de admiraţie pură, detectivul scrâşni din dinţi şi îşi scutură capul. Nu avea el nevoie de aşa ceva chiar atunci.

— Salut, detective, îl salută femeia, privindu-l pe bărbat cu curiozitate făţişă, ţintindu-l cu ochii ei întunecaţi de culoarea cafelei, ceea ce îl stârni şi mai mult. Să fiu sinceră, nu m-am aşteptat să mai aud vreun cuvânt din partea ta vreodată, recunoscu femeia, scuturându-şi capul, oarecum uluită.

— Îţi apreciez sinceritatea, îi răspunse bărbatul pe un ton sec. *Deşi aş fi putut trăi foarte bine şi fără ea*, reflectă el. Oricum, întotdeauna am avut intenţia să cercetez alegaţiile pe care le-ai făcut, sublinie Mark, simţind nevoia să îi reamintească faptul că deja îi spusese asta şi că supoziţia ei că el ar fi minţit nu prea îi convenea.

— Alegaţii? îşi înclină femeia capul într-o parte, analizând trăsăturile bărbatului.

Cuvintele pe care acesta alesese să le pronunţe o intrigau, iar Soledad nu ştia dacă ar fi trebuit să se simtă jignită sau nu din cauza lor.

Detectivul îşi drese glasul, simţindu-se oarecum incomod ca subiect al examinării ei făţişe, iar după aceea, îi arătă dosarul din mâna sa şi spuse:

— Până ce se dovedeşte real, trebuie să consider toate aceste lucruri alegaţii.

Mark se pregăti sufletește să facă față la indignarea ei. Cu toate acestea, știa că nu își va retrage cuvintele. El, pur și simplu, nu putea considera totul ca fiind real fără a avea dovezi.

— Asta nu mă deranjează, ridică Soledad din umeri cu indiferență, gestul ei surprinzându-l pe Mark, din moment ce el se așteptase la o altă reacție din partea ei. Poți să consideri relatarea mea cum vrei tu, atâta timp cât faci cercetări, sublinie ea.

— Ei bine, am făcut deja unele cercetări în istoria aceasta, dădu detectivul din cap. Haide să comandăm ceva să mâncăm și vorbim după aceea în timp ce luăm prânzul. Nu aș vrea să fii în întârziere la spital și să ai probleme, deschise el ușa de la restaurant, invitând-o să intre înăuntru cu o aplecare a capului.

Tânăra femeie își scutură capul cu uluire, dar nu mai obosi să facă nici un comentariu. Ea se mulțumi să pătrundă în restaurant și să se îndrepte spre capătul cozii, observând cu satisfacție că nu se aflau decât două persoane în fața lor.

Soledad abia aștepta să ajungă la o masă cu Mark și să îl întrebe despre ce aflase. Știa ea că omul nu ar fi contactat-o dacă nu ar fi descoperit ceva.

Mark, însă, nu mai spuse nimic până ce nu au ales o masă într-un colț al încăperii, departe de urechile celorlalți oameni, și până ce nu au început să mănânce.

— Am câteva poze cu mine, îi arătă detectivul dosarul pe care îl așezase pe masă, lângă coșulețul cu sendvișul lui. Aș vrea să te uiți prin ele și să îmi spui dacă recunoști pe cineva, o rugă el, împingând dosarul mai aproape de ea.

Soledad, care tocmai luase o mușcătură din sendvișul ei, îl puse înapoi în propriul coș. După ce își șterse degetele cu un șervețel, trase dosarul mai aproape de ea. Femeia luă în mână prima poză și sprâncenele i se arcuiră sus pe frunte din cauza uimirii. Ochii i se lărgiră și își mușcă colțul stâng al buzei inferioare.

— Cum de ai obținut aceste poze? se interesă ea, ridicându-și ochii spre Mark.

— De la o cameră de monitorizare, ridică bărbatul din umeri, nedorind să spună prea mult, prea curând.

— De asta mi-am dat și eu seama, i-o întoarse femeia pe un ton înfierbântat. Mă refeream la locație, sublinie ea.

Mark știa la ce se referea ea, dar nu putea rezista să nu se joace puțin cu ea. Bărbatul mușcă din nou din sendvișul său și mestecă calm, privind-o direct în ochi fără să își ferească privirea.

— Am avut o crimă ieri, spuse el mai apoi, neînlargul lui cu privirea fixă a femeii.

Soledad nici măcar nu clipea. Femeia nu simțea nevoia să îi ocolească privirea și nici nu se foi pentru o clipă măcar.

— Înțeleg, murmură ea, coborându-și mai apoi ochii spre fotografia pe care o avea în mână.

— Recunoști pe vreunul dintre ei? se interesă Mark după câteva momente de tăcere.

Femeia părea pierdută în propria ei lume, iar bărbatul nu avea timp să stea acolo și să aștepte până ce ea se hotăra să spună ceva.

Soledad își ridică privirea spre el din nou, iar ochii ei cercetători analizară trăsăturile bărbatului.

— Nu pot spune că recunosc pe cineva. Cum aș putea? îl întrebă ea cu sarcasm. Dar, da, într-adevăr, recunosc trăsăturile pe care le-am văzut în mintea pacientei mele, clarifică ea.

Mark se strâmbă, iar apoi spuse:

— În regulă, am priceput asta. Deci poți afirma cu certitudine că acestea sunt fețele pe care le-ai văzut cînd ai... cercetat mintea pacientei tale, o impulsionă detectivul pe tânăra femeie să îi dea un răspuns direct.

— Da, aș putea spune asta, dădu Soledad din cap fără ezitare.

— Crezi că am putea arăta aceste fotografii tinerei femei care se află în grija ta şi să-i punem unele întrebări? insistă el în continuare, privind-o cu intensitate.

Soledad începu să îşi scuture capul. Nici măcar nu îşi imagina cum de bărbatul îndrăznea să îi pună o astfel de întrebare.

— Abia am început să construiesc o relaţie cu ea, în calitate de medic curant. Cu siguranţă nu pot să-i mărturisesc că ştiu mai mult decât ceea ce ea mi-a dezvăluit. Nu ar mai avea niciodată încredere în mine, declară femeia cu ardoare.

— Dar avem nevoie de mai multe răspunsuri..., începu Mark să spună.

— Dar nu le vei obţine de la ea, îl opri Soledad imediat.

— Credeam că doreşti să rezolvăm cazul nepoatei tale, observă Mark pe un ton cinic, privind-o pe femeie pieziş.

— Da, chiar vreau să fie rezolvat cazul ei, i-o întoarse Soledad cu mânie. Dar nu pot permite vătămarea şi mai mult a minţii pacientei mele. Psihicul ei este foarte fragil în acest moment, iar eu nu voi admite ca tot progresul pe care l-am făcut cu ea să fie distrus. Dacă ai nevoie de răspunsuri, îmi vei spune ce trebuie să caut şi voi face tot ceea ce pot, bătu Soledad cu vârful degetului în masă.

Mark îi aruncă lui Soledad o privire piezişă, gândindu-se la diverse-le căi pe care le-ar fi putut folosi pentru a o face să coopereze cu el. Până la urmă, cu un oftat, bărbatul acceptă decizia femeii şi, dând din cap, spuse:

— Bine, atunci. Îţi voi spune ceea ce ştiu în legătură cu indivizii aceştia de aici, bătu detectivul cu degetul în fotografia care îi înfăţişa pe cei doi tineri şi pe Jonathan Jones. Cu toate acestea, nu îţi voi da amă-nunte despre cazul meu de omucidere, o preveni el pe femeie.

— Nu am nevoie de acele detalii, spuse Soledad. Nu cred că au vreo legătură cu răpirea nepoatei mele oricum, ridică ea din umeri, iar mai apoi muşcă din nou din sendviş.

— Ai înțeles corect, îi răspunse Mark, urmându-i, mai apoi, exemplul.

Amândoi mestecară în tăcere preț de câteva minute până ce își terminară sendvișurile, iar după aceea, Mark își atacă băutura răcoritoare cu poftă.

— Știi că băutura aceea nu este bună pentru tine, se gândi femeia să menționeze.

— Multe lucruri nu sunt bune pentru mine, o contrazise bărbatul, privind-o pieziș. Și ce? Tot mai sunt aici, nu? își îngustă el ochii.

— Asta pot să văd și eu, dădu tânăra femeie din cap. Dar, cât de sănătos ești...

— Atâta timp cât nu faci incursiuni neautorizate în capul meu, cred că voi supraviețui, i-o întoarse detectivul cu malițiozitate, tăindu-i replica.

Soledad se încruntă și îl privi fix timp de câteva secunde.

— Nu era cazul să spui așa ceva, doar știi, zise ea. De regulă, niciodată nu fac excursii de plăcere prin mințile oamenilor. De data aceasta s-a întâmplat pentru că nu aveam nici o altă cale de acțiune, sublinie ea.

— Sunt convins că mereu poți găsi o scuză pentru așa ceva, ridică bărbatul din umeri.

— Tu... ticălosule..., începu Soledad să spună pe un ton coborât și clocotind de furie, dar Mark o opri cu un gest.

— Nu te-ai supăra atât de rău dacă nu ar fi adevărat, sublie el.

— Știi, oamenii, de obicei, folosesc această expresie ca metodă de psihologie inversă, femeia îi explică, fluturându-și degetele. S-ar putea să meargă cu cineva care nu are cunoștințele necesare, dar nu cu mine, adăugă ea cu veselie. Poate că ai uitat că sunt psihiatru cu diplomă. Știu toate trucurile din carte. Chiar sper că nu mă vei face niciodată să le folosesc pe tine, spuse ea, țintindu-l pe Mark cu degetul.

— Ar trebui și să ai muniție pentru așa ceva, nu dori bărbatul să cedeze din teritoriu. Și nu vei obține nici un fel de amuniție dacă nu îmi cercetezi gândurile fără permisiunea mea. Iar dacă o faci, atunci înseamnă că eu am avut dreptate, se aplecă el uşor în faţă, vorbind pe un ton coborât, oarecum ameninţător.

— Oare îţi dai seama cât de copilăros eşti? îşi scutură Soledad capul. E ca şi cum ai încerca să mă provoci ca să îţi citesc mintea.

— Nu fac aşa ceva. Nu fac altceva decât să zic..., începu detectivul să spună, cu o încruntare.

— Şi cu toate astea, o faci, tânăra femeie îl întrerupse, izbucnind în râs.

— Tu te amuzi pe seama mea, trase Mark concluzia, încruntându-se şi lăsându-se pe spate în scaun.

— Departe de mine acest gând, îşi scutură Soledad capul. Dar, tu chiar mă faci să râd, sublinie ea. Pe de o parte, mă avertizezi să nu mă ating de gândurile tale personale, iar pe de altă parte, mă provoci să o fac.

Mark se uită fix la ea preţ de câteva clipe.

— Am o durere de cap şi cred că ar trebui să plec, spuse el după aceea.

— Oh, Mark, acesta este chiar cel mai bun prânz pe care l-am avut în ultimul timp, îi oferi femeia un zâmbet orbitor detectivului. Chestia asta cu durerea de cap este de nepreţuit. Pot să jur că este prima dată când un bărbat a încercat să fugă de mine folosind durerea de cap ca scuză.

— În regulă, mi-a ajuns chestia asta, mormăi Mark şi se ridică de pe scaun.

— Am terminat deja discuţia noastră? îşi arcui Soledad sprânceana dreaptă sus pe frunte.

— Aşa se pare, îi răspunse bărbatul pe un ton sec.

— Şi cum voi afla ce fel de informaţii cauţi? îl întrebă femeia cu uluială.

— Îţi voi trimite un email sau un mesaj, îşi flutură Mark mâna într-un cerc larg.

— Nu ai nevoie de adresa mea de email? se minună Soledad, aplecându-și capul ușor într-o parte.

— Mi-o poți trimite prin mesaj. Acum ai numărul meu de telefon, arătă Mark cu bărbia spre telefonul mobil pe care femeia îl lăsase pe masă. Sper să mă ajute Dumnezeu cu asta! mormăi el și se întoarse să plece.

— Ți-e teamă că te voi hărțui cu apeluri? îl întrebă femeia pe o voce uluită.

— Desigur, trebuia să auzi și chestia asta, observă Mark cu amărăciune. Nu, nu mi-e teamă, spuse el, iar mai apoi se hotărî să lase lucrurile așa cum erau.

Bărbatul o lăsă pe femeie la masă și ieși din restaurant în grabă.

Privirea lui Soledad îl urmări pe bărbat părăsind localul și își scutură capul, negăsind cuvinte pentru a își explica atitudinea acestuia. Nu înțelegea ce nu îi convenea omului, dar, cu siguranță, bărbatul părea speriat de ceva.

Problema era că tânăra femeie întotdeauna știa de ce oamenii reacționau în felul în care o făceau. Aceea era prima dată când nu avea nici mai mică idee ce se petrecea, iar acel lucru o îngrijora.

CAPITOLUL DOISPREZECE

Mark nu așteptă ca Soledad să îi trimită adresa ei de email, ci preferă să îi trimită femeii întrebările printr-un mesaj pentru a putea uita după aceea de acea sarcină. Când a terminat cu mesajul, îi ceru Annei și lui Josh să i se alăture în biroul său temporar.

Așteptându-i pe cei doi detectivi, Mark privi în jur cu ochi critici. Chiar că era necesar să facă curat în încăpere și cât mai repede. În mai puțin de două zile, Leah urma să revină din luna de miere.

Știa că nu se presupunea că femeia va începe munca până săptămâna următoare, dar el, unul, nu putea conta pe așa ceva. Era posibil ca locotenenta să vină la birou pentru a-și vedea colegii. Dacă s-ar fi întâmplat astfel, Mark urmă să devină o amintire a trecutului.

Cu un fior, bărbatul notă pe un post it să nu uite să cheme o echipă de curățenie pentru a pune totul la punct în dimineața următoare. Nu avea nici un chef să îi ofere lui Leah amuniție pentru ca să-l poată cicăli preț de vreun an sau mai mult.

Anna și Josh intrară în birou împreună și îl salutară pe Mark cu zâmbete largi pe buze. Detectivul le privi chipurile, iar una dintre sprâncenele sale i se arcui sus pe frunte.

— Presupun că aveți vești bune, trase Mark concluzia. Nu văd de ce altceva ați fi atât de fericiți în această după-amiază mohorâtă, adăugă omul cu necaz.

— Într-adevăr, avem, dădu Anna din cap. Am reușit să aflăm numele celor doi tineri și avem și adresele lor.

— Adresele, însă, s-ar putea să nu ne prea ajute prea mult, îl avertiză Josh pe Mark. Nu putem fi siguri că încă locuiesc la aceeași adresă.

— Asta mai mult ca sigur, oftă Mark.

Cu norocul lor de până atunci, era mai mult ca sigur că adresele acelea nu mai erau de actualitate.

— Și totuși, nu se știe niciodată, ridică Anna din umeri.

— Dar, mai e un alt lucru important, interveni Josh, iar Mark își ridică sprâncenele plin de neliniște.

— Ce mai e acum? întrebă bărbatul.

— Păi, cele două fete din fotografii, menționă Josh. Tocmai au venit știri despre două fete dispărute. Au dispărut ieri după-masă, menționă bărbatul, conștient că acea coincidență îl va face pe Mark să fie și mai curios.

— Am verificat pozele cu fetele, interveni Anna. Fetele dispărute sunt cele din clădirea lui Jones, lovi ea cu vârful degetului în birou, dând din cap agitată. Fotografiile nu sunt foarte clare, nici măcar după prelucrare. În ciuda acestui fapt, unele lucruri nu pot fi trecute cu vederea, explică detectiva.

— Deci acum putem spune hotărât că există o conexiune între cele două cazuri, acceptă Mark adevărul cu fatalism.

— Așa se pare, își strânse Josh buzele mânios, încruntându-se.

— În regulă atunci, spuse Mark gânditor. Anna, ia tu legătura cu echipa care se ocupă de cazul fetelor dispărute. Spune-le ce date deținem și oferă-le suportul nostru. Vom păstra legătura cu ei tot timpul și îi vom anunța imediat ce aflăm ceva nou. Dă-le și lor copii după fotografii. Ne-ar putea ajuta și ei cu monitorizarea locurilor unde își caută indivizii prada, adăugă Mark.

— Corect, Mark, asta e o idee strălucită, se arătă Anna de acord cu evaluarea lui. Cu ei de partea noastră, ambele cazuri ar putea fi rezolvate mai rapid, observă femeia dând din cap.

— Cred că acum am o idee despre cam cum s-au întâmplat lucrurile, își împreună Mark mâinile sub bărbie. Cred că individul acela,

Jones, este capul rețelei sau, cel puțin, un membru foarte influent al acestei rețele, spuse Mark gânditor. Apartamentul acela era probabil folosit pentru a le distruge rezistența fetelor la început, înainte de a le muta în altă parte. Îmi imaginez că procesul de *educare* a fetelor a devenit cam sălbatic ieri, iar unul dintre răpitori l-a observat pe spălătorul de geamuri în fața ferestrei. A intrat în panică și l-a împușcat, explică Mark. Individul nu știa că spălătorul de geamuri nu putea vedea în interiorul apartamentului, presupun, adăugă el, privind de la Anna la Josh pentru a vedea care era opinia lor în ceea ce privea ipoteza pe care o prezenta.

— Da, cam așa trebuie să se fi petrecut lucrurile, se arătă Josh de acord cu ideea lui Mark după câteva secunde. Acum, eu cred că și individul ăla, Jones, trebuie să fie foarte oftical în acest moment. A pierdut un loc bun, pentru care a plătit mulți bani, își strânse Josh buzele, aplecându-și, gânditor, capul. Știi, eu nu îl văd pe individ întorcându-se înapoi la apartament, știind că poliția trebuie să fi găsit deja gaura în panoul de sticlă.

Mark se arătă de acord cu cuvintele lui Josh printr-o aplecare a capului.

— Cred că ai rezumat totul corect Josh. Acum trebuie doar să aflăm unde este locul lor de operații. Trebuie să fie destul de aproape de Toronto, declară bărbatul pe o voce gânditoare, privind afară pe fereastră, ca și cum ar fi putut zări o direcție anume.

— Da, Mark, trebuie să fie undeva în apropiere, îi aprobă Anna presupunerea. Le trebuie un loc unde să mute fetele rapid, dar și unde să aibă acces la ele cu ușurință. Îmi vine greu să cred că toți clienții lor s-ar duce acolo pentru *afaceri*.

— Nu ar fi profitabil, admise Josh, scuturându-și capul. Probabil că trebuie să le mute din când în când, așa că ar trebui să aibă o locație în apropierea orașului și a autostrăzilor, cred. Probabil ca să le închirieze pentru petreceri, presupun, spuse omul.

— Hai să îi implicăm și pe băieții de la trafic uman în acest caz, propuse Mark. Noi nu avem prea multă experiență în astfel de lucruri, ridică el din umeri cu regret.

De obicei, ei lucrau cazurile de omucideri, iar cu acea anchetă, se găseau în afara zonei lor de expertiză.

— Avem nevoie de tot ajutorul pe care îl putem obține, adăugă el.

— Asta așa e, își plesni Anna mâna peste coapsă. Atunci mă duc să fac câteva apeluri. Mai întâi, voi vorbi cu băieții din echipa de răpiri, iar mai apoi, cu cei de la trafic uman.

— Atunci las toate astea în seama ta, dădu Mark din cap. Josh, poate că tu poți continua cu trecerea fotografiei lui Jones prin programul de recunoaștere facială, se întoarse el spre celălalt detectiv. Chiar este necesar să punem un nume real pe chipul lui. Chiar și un alt alias ne-ar putea ajuta, își aplecă Mark capul într-o parte gânditor. Oricum, nu cred că ar fi rău.

— Da, presupun că am putea ajunge undeva și doar cu un alias, își exprimă și Josh părerea. Am putea găsi o proprietate sau ceva... Mă ocup de asta imediat, nu îți fă griji, spuse detectivul în drumul său spre ușă, lăsându-l pe Mark singur cu gândurile sale.

Detectivul își împinse scaunul în spate și se ridică. Mai apoi, se îndreptă spre fereastră, înfigându-și mâinile în buzunare. În fața ferestrei se opri, dus pe gânduri, și încercă să își plănuiască următorul pas pe care ar fi trebuit să îl facă.

Deodată, îi apăru în minte chipul lui Soledad și se încruntă. Nu avea nevoie de bătaie de cap pe moment. În fond, se jurase să nu îl mai intereseze nici o femeie în prezent. Dar, se va ține oare de cuvânt? se întrebă Mark, nesigur de propriile sale sentimente.

CAPITOLUL TREISPREZECE

Am dat de el, Mark, intră Josh furtunos în biroul lui Mark.

— De cine? tresări Mark, iar ochii săi aruncară pumnale în direcția colegului său detectiv.

Bărbatul tocmai făcea niște cercetări pe computer, iar intrarea impestuoasă a colegului său l-a făcut să tresară.

— Jones, cine altcineva? izbucni Josh în râs, semn că era în toane foarte bune. Deja am obținut vreo patru sau cinci aliasuri de-ale lui, menționă omul. Cum Anna tocmai terminase cu aducerea la zi a celorlalte două echipe, i-am cerut să caute posibile proprietăți deținute de aliasurile pe care le-am găsit.

— Asta este fantastic, aprobă Mark, cu o mișcare a capului, satisfăcut de progresul făcut.

În sfârșit, ceva mergea bine și în investigația lor.

— Și a găsit deja ceva? îl întrebă el pe Josh nerăbdător.

Detectivul nu suporta pasul de melc al anchetei lor. Dacă ar fi fost doar crima, detectivului nu i-ar fi păsat prea mult, atâta timp cât știa că îl va prinde pe criminal până la urmă. Dar, din cauza legăturii cazului cu răpirea fetelor, ideea că trebuia să găsească o soluție urgent îl tortura.

— Ai răbdare, omule, își scutură Josh capul cu reproș. Abia ce i-am dat informația. Nici măcar nu a avut timp să o treacă prin program, spuse detectivul, scuturându-și capul. Voiam doar să te anunț. Am observat că, în ultima vreme, ai cam fost în toane proaste, așa că m-am gândit că niște vești bune s-ar putea să îți ridice moralul, își mișcă el sprâncenele în direcția lui Mark.

— Da, merci, mormăi Mark cu neplăcere.

Cuvintele colegului său atinseră unul din punctele slabe ale detectivului. Bărbatului i-ar fi plăcut să creadă că nimeni nu îl putea citi și că reprezenta un mister pentru oamenii din jurul lui. Faptul că i se demonstrase de mai multe ori în ziua aceea că se înșela, îl deranja nespus.

În ciuda acelor sentimente, detectivul era entuziasmat că făcuseră ceva progres. Cu o oră în urmă, nu crezuse că vor putea încheia acel caz prea curând. Se temea chiar că Leah se va întoarce la birou și că investigația se va găsi tot în teancul cu cazuri nerezolvate, ceea ce ar fi fost o lovitură puternică dată egoului său.

Mark simțea nevoia să îi dovedească ceva lui Leah. Aceasta îl lăsase la conducerea echipei, dar bărbatul știa că locotenenta considera că acesta era măcinat de prea multe slăbiciuni.

Pe de altă parte, el avea și sentimentul că progresul pe care îl făcuseră era departe de a fi suficient. Omul trepida din cauza senzației că totul devenise urgent și nu putea să își explice de ce. Niciodată nu mai trăise ceva similar.

Un nor negru părea să îi atârne deasupra capului, iar ceva îi spunea că trebuia să se miște cu iuțeală. Problema era că el, unul, nu știa unde să se ducă și ce să facă, ceea ce îl enerva și îl și îngrijora în același timp.

— Ce e cu tine, omule? îl întrebă Josh cu exasperare. Am crezut că vei fi entuziasmat să auzi că sântem mai aproape de rezolvarea cazului, își aruncă el mâinile în aer, semn că renunța să îl mai înțeleagă pe Mark.

— Sunt, nu te teme, își flutură Mark mâna, înlăturându-i cuvintele. Pur și simplu, am senzația că îmi scapă ceva și că acel ceva este vital. Atâta tot, ridică omul din umeri, încercând să pară fără griji de dragul lui Josh. Dar asta nu înseamnă că nu mă bucură progresul pe care l-am făcut. În fond, nu au trecut nici măcar două zile de când omuciderea a avut loc, ridică Mark din umeri.

Numai de aș putea să mă conving și pe mine însumi de asta, făcu el haz de sine însuși, strângându-și buzele în derâdere.

— Te gândești la fetele acelea, încercă Josh să își dea cu părerea, privindu-l pe Mark îndeaproape.

— Tu nu te gândești? își privi Mark colegul pieziș, cu ochiii îngustați ca două fante.

Lui nu-i plăcea ipocrizia. Bărbatul îl cunoștea pe Josh bine, iar detectivul nu putea fi considerat un om insensibil sub nici o formă.

— Evident că mă gândesc, recunoscu detectivul. Dar, eu știu și că facem tot ce putem și, din păcate, asta trebuie să ajungă pe moment, îi răspunse Josh cu înțelepciune, sprijinându-și mâinile pe șolduri.

— Da, presupun că ai dreptate, dădu Mark din cap cu resemnare. În regulă, du-te și ajut-o pe Anna. Voi revizui toate informațiile adunate, arătă detectivul spre computerul său.

Josh îl mai privi pe Mark câteva clipe, dar mai apoi își dădu seama că nu putea face prea multe pentru starea de spirit a acestuia, așa că plecă. Bărbatul, totuși, spera că Mark se va mai învifora un pic atunci când soluția cazului va fi mai aproape.

Mark se întoarse la rapoartele primite și adunate pe desktopul său și începu să le cerceteze. Le citea cu mare atenție, tot îndepărtând cu un gest absent șuvița de păr care mereu îi cădea peste sprânceană.

Bărbatul trecu prin dosarul pe care i-l trimisese Victor prin email ca să vadă dacă putea găsi acolo ceva ce ar fi putut folosi. După aproximativ douăzeci de minute, trebui, însă, să admită că Victor cercetase acele piste în întregime. El nu putea face nimic mai mult în acele direcții.

După aceea deschise raportul trimis de echipa care se ocupa de traficul uman, dar nu reuși să citească mai mult de două pagini înainte ca telefonul să-i sune.

Distrat, bărbatul îl ridică de pe birou și răspunse.

— Mark Dion la telefon.

— Sunt eu, Soledad, ajunse vocea joasă a exoticei sud-americance la urechile lui Mark.

— Bună, Soledad. Este cumva vreo problemă? o întrebă detectivul, încruntându-se.

El nu s-ar fi aşteptat ca femeia să îl sune sau, cel puţin, nu atât de curând. Bărbatul presupusese că s-ar putea ca Soledad să înceapă să îl cicălească cu apelurile după câteva zile dacă el nu i-ar fi dat vreun răspuns la problema ei până atunci. Aşa ceva nu ar fi fost imposibil.

— Ei bine, într-un fel, da, recunoscu femeia pe un ton aproape pierit, ceea ce nu era un semn prea bun, din moment ce, până atunci, Mark nu observase defel că tânăra ar fi fost timidă. Am avut o sesiune cu pacienta mea şi, după aceea, m-am hotărât să merg eu însămi la vânătoare, continuă ea, iar detectivul înţelese imediat ce făcuse aceasta, când îi auzi cuvintele.

— Despre ce naiba vorbeşti? se interesă bărbatul pe un ton îngheţat.

Mark nici măcar nu putea să strige la femeie. Fiori de groază începuseră să-i alerge de-a lungul şirei spinării. Nu îi surâdeau deloc implicaţiile cuvintelor ei şi se temea de ce urma să vină.

— M-am dus cu maşina la Parkview Mall. Am vrut să văd dacă îi pot găsi pe acei indivizi eu însămi. Ştiu că eşti ocupat cu mai multe chestii acum, aşa că am vrut să fac o încercare. M-am gândit că aceştia s-ar putea să fie acolo căutând o pradă uşoară, îi răspunse femeia, pe acelaşi ton pierit, fiind deconcertată de vocea lui Mark.

— Ţi-ai pierdut minţile? o întrebă bărbatul cu mânie în voce. La ce naiba te gândeai? Presupun că nu gândeai deloc, femeie. Aceştia nu sunt pacienţii tăi şi nu ai cum să îi potoleşti discutând rezonabil dacă vor să te rănească.

— Nu te teme, nu mă vor vedea, îi îndepărtă femeia grijile omului, chiar dacă vorbele lui îi stârniseră anumite temeri în minte.

— Ce vrei să spui? o întrebă el, înspăimântat până la oase.

— Ei bine, i-am găsit. Indivizii tocmai şi-au făcut jocul obişnuit şi au abordat trei adolescente în food court. Bărbaţii le-au vrăjit pe fete şi le-au determinat să îi însoțească. Fetele sunt în mașină cu ei, așa că îi urmăresc în mașina mea, îl informă femeia.

— Cu siguranță ți-ai pierdut mințile, declară bărbatul cu o scuturare a capului.

Acesta nici măcar nu îndrăznea să se gândească la implicațiile acțiunilor femeii. Lui Mark nu-i venea să creadă că Soledad s-ar fi pus pe sine însăși în primejdie astfel, fără să se gândească deloc la consecințe. Tânăra femeie i se păruse mai inteligentă decât atât.

— Nu, nu este nici un pericol, îl contrazise ea vehement. Bărbații nu m-au văzut, îl asigură Soledad pe Mark. Mai întâi i-am urmărit la o cafenea. I-am văzut punând ceva în băuturile fetelor, îi spuse ea lui Mark pe un ton conspirativ. Acum sunt într-o Toyota, mergând spre nord, îl informă ea.

— Soledad, încercă Mark să vorbească pe cât de calm posibil. Vreau să notezi numărul de la mașina lor și să te întorci în Toronto imediat, îi ceru bărbatul pe un ton rezonabil.

Detectivul simțea nevoia să strige și să o amenințe, dar știa el că atunci nu ar fi făcut decât să-și irosească respirația. Femeia nu părea să lase nimic să o intimideze.

— Îmi pare rău, Mark, dar nu pot. Știu că vrei să dai numărul mașinii polițiștilor de la trafic, dar ei s-ar putea să îi piardă în trafic. Asta ar însemna să pierdem timp, iar tocmai aceasta nu avem. Voi continua să-i urmăresc până la destinația finală, îi răspunse femeia cu încăpățânare, fiind convinsă că ea știa mai bine.

— Știi că îți voi suci gâtul când voi pune mâna pe tine, îi răspunse bărbatul pe un ton înghețat.

— Ei bine, poți încerca, râse femeia, dar detectivul simți că aceasta începuse să se cam îndoiască de acțiunile ei.

— Eu nu glumesc deloc, Soledad, strigă Mark de data aceasta, fierbând și de mânie și frică și renunțând să mai pretindă că avea sângele rece. Oprește jocul ăsta idiot și întoarce-te în Toronto, îi ordonă bărbatul din toate puterile.

— Nu pot, Mark, îi răspunse femeia cu tristeţe. Cred că ajungem la destinaţie în curând. Au luat-o pe ieşirea de la autostradă acum, îl informă Soledad.

— Dă-mi locaţia exactă, îi ceru bărbatul cu resemnare în voce. Indiferent de ce se întâmplă, nu deconecta acest apel. Lasă telefonul într-un loc unde ei nu îl pot vedea, se gândi el să o sfătuiască înainte ca totul să ia o întorsătură urâtă.

— Mă sperii, Mark, îi tremură vocea lui Soledad acum.

—Aşa şi trebuie să fii, femeie idioată. Speriată, îi replică bărbatul printre dinţii strânşi. Încă mai ai timp să te întorci, o preveni detectivul pe un ton rece.

— Nu cred că mai am, vocea pierită a lui Soledad se auzi din nou pe linie.

— Ce? întrebă Mark cu nerăbdare, iar brusc, simţi o transpiraţie rece curgându-i pe spate.

Ştia el că jocul se terminase şi nu mai putea face nimic pentru a o ajuta în acel moment. Degetele i se încleştară în jurul telefonului, iar trupul i se aplecă în faţă, dornic de acţiune.

— M-au detectat, îi spuse ea, iar teama din vocea ei îl făcu pe detectiv să strângă din dinţi.

Bărbatul simţea că pielea i se întinsese la maximum pe faţă, iar el, unul, nu putea mişca un muşchi. Şi totuşi, încă mai căuta febril o soluţie în minte, în acelaşi timp blestemând femeia şi distanţa dintre ei doi.

— Sunt două maşini în spatele meu, care blochează drumul, spuse Soledad aproape plângând. Pot vedea o proprietate privată în faţă la vreo cincizeci de metri, cred, începu femeia să vorbească cu iuţeală, un semn al anxietăţii ei crescânde.

Mark îşi scutură capul în semn de negaţie. Nu se putea întâmpla aşa ceva, nu atunci când el era departe şi nu putea acţiona.

— S-a deschis poarta, adăugă Soledad. Toyota a trecut prin ea.

— Dă-mi numărul acelei Toyota acum, strigă Mark cu nerăbdare şi smulse un pix de pe masă pentru a scrie numărul.

După ce termină cu numărul, repetă:

— Nu uita, Soledad. Nu deconecta apelul. Lasă telefonul undeva unde oamenii ăia nu îl pot vedea. Voi ajunge acolo cât pot de repede, îi promise Mark, care deja se îndrepta cu pași mari spre ușă.

Detectivul nu avea nici un plan, dar trebuia să pună unul pe picioare și rapid. Înainte de a ieși pe ușa biroului, își aminti să apese pe butonul de mut al telefonului său. Nu ar fi fost prea inteligent să dea de gol poziția telefonului lui Soledad din cauza unei greșeli stupide. Femeia avea suficiente probleme pe moment. Nu era necesar ca și el să mai adauge la ele.

Cu teamă în minte și în suflet, Mark începu să se gândească la toate acțiunile posibile pe care le putea lua. În drumul său spre sala comună a diviziei, bărbatul trecu pe lângă doi detectivi, fără a privi spre ei. Omul nici măcar nu auzi le saluturile și nici întrebările pe care i le puseseră.

CAPITOLUL PAISPREZECE

Mark păşi în sala comună a detectivilor şi începu să strige diverse comenzi. Ceru ca numărul de telefon al lui Soledad să fie pus sub urmărire imediat şi ceru să i se dea un alt telefon pentru moment. Bărbatul nu putea să îşi folosească telefonul fără a deconecta apelul cu ea.

O instrui pe Anna să organizeze o echipă de intervenţie imediat şi să contacteze divizia de trafic uman. Aceştia trebuiau să fie pregătiţi să se îndrepte spre locaţia proprietăţii despre care vorbea Soledad atunci când poziţia acesteia urma să fie determinată.

După aceea, Mark îl întrebă pe Josh dacă dorea să vină cu el pentru a încerca să o scoată pe Soledad de acolo. Mark îi spuse detectivului că nu era obligat să o facă dacă nu dorea pentru că, de fapt, părea să fie o misiune sinucigaşă. Dar, el ştia că, în realitate, ajutorul lui Josh se putea dovedi extrem de valoros în încercarea lui de o elibera pe femeie.

Cuvintele lui Mark o şocară atât pe Anna cât şi pe Josh preţ de câte-va momente la început, dar, curând, cei doi detectivi îşi regăsiră calmul şi începură să se ocupe de criza de moment.

Pentru a mai ajuta la detensionarea tensiunii din atmosferă, Josh îl asigură pe Mark că nu putea să refuze şansa de a ajuta o femeie aflată la ananghie, aşa că îl va însoţi pe colegul său în încercarea lui nebunească de a o elibera.

Mai apoi, Mark îi ceru Annei să urmărească progresul său în trafic şi să îl conducă spre locaţia telefonului lui Soledad. Femeia îi promise că nu va pierde urma nici unuia dintre ei. Nu era prima dată când făcea așa ceva, iar Mark putea conta pe ea să își țină cuvântul.

Detectivii deciseră să o ia pe autostrada 401 pentru a ieși mai rapid din oraș. De-a lungul drumului, bărbații rămaseră în contact constant cu Anna pentru a obține direcții. Când Mark o întrebă, ea, de asemenea, îl informă că nu a auzit nimic venind de la telefonul lui Mark.

Detectivul nu știa ce să creadă. Era posibil ca indivizii să fi găsit telefonul lui Soledad, dar, atunci, Anna nu l-ar mai fi putut urmări. O altă explicație ar fi fost că aceștia o luaseră pe femeie, iar telefonul rămăsese în mașină, unde aceasta îl ascunsese.

Când ajunseră la ieșirea de pe autostradă pe care o luase Soledad mai devreme, Mark reduse viteza mașinii. Omul dorea să fie pregătit pentru orice.

— Știi, interveni Josh, exact când ai ieșit din birou strigând despre urmărirea telefonului lui Soledad, eram chiar pe punctul să vin la tine.

— De ce? întrebă Mark scurt, făcând economie de cuvinte.

Bărbatul conducea și, în același timp, scana zona cu mare atenție.

— Pentru că tocmai descoperisem o proprietate în această zonă sub unul din aliasurile despre care ți-am spus mai devreme, îi explică Josh. Părea să fie locul perfect pentru a dezvolta o afacere legată de traficul uman, adăugă bărbatul. Cel puțin, așa mi se pare mie, ridică el din umeri.

Mark îi aruncă prietenului său o privire scurtă, iar apoi spuse:

— Continuă.

— Cred că este perfectă pentru așa ceva din cauza poziției, izolarea aparentă și suprafața, sublinie Josh, numărând atuurile pe degete.

— Am priceput, își linse Mark buzele brusc uscate. Atunci știi ceva despre această proprietate? se interesă omul, sperând să obțină un răspuns pozitiv.

— Păi, am citit că ar fi o clădire principală, chiar la sud în direcția aceea, îi arătă detectivul colegului său. Sunt de asemenea câteva structuri, descrise pe hârtie ca grajduri, în direcția aceea, spre nord.

— Deci nu ne rămâne decât să ghicim locația lui Soledad, murmură Mark. Cu toate acestea, cred că aș alege casa principală pentru moment. Bossul s-ar putea să vrea să o vadă mai întâi, chiar dacă femeia nu face parte din categoria de tinere femei pe care le vor ei, observă Mark.

— Asta ar fi o idee, se arătă Josh în acord cu raționamentul lui. Dar, știi, bossul s-ar putea să vrea să o vadă în altă parte, nu în rezidența sa principală. Pentru că pare a fi o rezidență, observă Josh.

— Da, acesta este, de asemenea, un punct de vedere valid, admise Mark, încetinind și mai mult, iar mai apoi, oprind mașina pe marginea șoselei.

Josh îl privi cu curiozitate fățișă.

— Ce faci?

— Nu cred că ar fi bine să continuăm în mașină, își scutură Mark capul. Probabil că mai avem vreo două sute sau trei sute de metri până la proprietate. Nu putem merge la poarta principală să spunem *Salut*, asta e clar.

— Evident că nu. Indivizii ăia nu ne-ar lăsa înăuntru, aprobă Josh cu o mișcare a capului. Și nici măcar nu putem cere un madat sau ceva, observă el.

— Exact ceea ce vreau și eu să spun, sublinie Mark. Deci, va trebui să intrăm pe proprietate prin alte mijloace, iar aceasta înseamnă că nu putem fi văzuți.

— Bun atunci, aprobă Josh cu o mișcare a cupului după o ezitare scurtă. Deci ce propui?

— Cred că ar trebui să lăsăm mașina aici, în tufișurile acelea. După aceea, începem să ne apropiem de proprietate printre copacii de acolo, arătă Mark spre arborii groși de pe partea stângă a drumului.

— Bun, atunci o luăm pe acolo, se arătă Josh de acord cu ideea prietenului său.

— Vom vedea mai apoi cum putem diviza și cucerii, dădu Mark din cap cu convingere.

Bărbatul nu știa exact ce ar fi trebuit să facă, dar era decis să încerce să o salveze pe femeia aceea încăpățânată, Soledad.

Desigur, după aceea, va avea el grijă să o facă să plătească pentru tot. Detectivul flirta cu gândul să îi facă dosar pentru obstrucționarea justiției, dar se hotărâse să mai pritocească asupra acelei idei puțin mai mult.

Mark ascunse mașina în tufișuri, după cum îi explicase lui Josh mai devreme, iar cei doi bărbați își începură excursia printre copacii de pe cealaltă parte a șoselei. Se hotărâseră să o pornească în direcția generală a proprietății și să vadă ce pot face după aceea. Trebuiau să se despartă după ce ar fi pătruns pe proprietate, din moment ce nu știau unde era ținută Soledad.

Mark nu se îndoia deloc că femeia fusese luată prizonieră deja. Nu era însă deloc sigur că va reuși să ajungă la ea la timp.

— Nu uita să-ți pui telefonul pe vibrație, îi reaminti el lui Josh, nedorind ca acesta să aibă probleme din cauza trecerii cu vederea a unei chestiuni atât de stupide.

Josh dădu din cap și imediat se opri pentru a ajusta setările de la telefonul său mobil. După aceea, se văzu nevoit să alerge pentru a îl ajunge pe Mark din urmă. Bărbatul făcea pași mari și deja ajunsese departe.

Josh își privi prietenul și își clătină capul. Mark era mai mult decât părea la prima vedere. Dădea el iluzia că era indiferent și leneș mai tot timpul, dar, uneori, omul dovedea că avea tăria necesară pentru a îndeplini anumite lucruri.

CAPITOLUL CINCISPREZECE

Soneria telefonului se auzi din biroul unde Victor îl lăsase mai devreme când se întorsese acasă. Bărbatul oftă profund și lăsă copiii singuri pentru câteva clipe pentru a se duce și prelua apelul.

—Victor la telefon, își anunță el interlocutorul după ce apăsase pe buton fără a verifica ecranul telefonului pentru a vedea cine îl suna.

— Îmi pare rău că te deranjez Victor, se auzi vocea lui Leah pe linie. Din păcate avem o urgență, îi explică femeia cu o voce mustind de îngrijorare, iar acel lucru îi atrase imediat atenția lui Victor.

— Ce s-a întâmplat? se interesă bărbatul, iar sprâncenele i se adunară deasupra nasului.

Dacă îl suna Leah în timpul lunii de miere, situația era departe de a fi roză.

— Nu putem știi cu certitudine, dar știm că Mark este într-un bucluc serios, vorbi femeia repede. Axel a avut una dintre viziunile lui, știi tu. L-a văzut pe Mark cu o femeie. Cred că e sud-americană. Sunt încolțiți undeva, îi explică Leah cu urgență în voce.

Cuvintele ei îl făcură pe Victor să își îngusteze ochii. Omul își strânse buzele, ca nu cumva să vorbească, iar apoi aşteptă ca locotenenta să continue.

— Ne temem că s-ar putea să nu supraviețuiască, adăugă Leah pe un ton dur pentru a-şi ascunde teama, dar Victor i-o simți.

Ei doi se știau de ceva vreme, iar bărbatul învățase deja inflexiunile vocii femeii și putea să își dea seama cam ce gânduri îi treceau acesteia prin minte.

— Spune-mi unde este și merg acolo imediat, îi răspunse Victor, percepând urgența din vocea ei.

Leah îi mulțumi și îi dădu o descriere generală a zonei pe care Axel o văzuse în viziunea sa. Nu uită să îi dea nici unul dintre detaliile pe care Axel i le menționase.

— Am plecat deja, deconectă Victor apelul cu o grimasă.

Era ușor de promis, dar era mai dificil să se și țină de cuvânt. Bărbatul își mușcă buza de jos, încercând să se gândească. Nu prea știa ce ar fi trebuit să facă. Se găsea singur cu copiii acasă în seara aceea din cauza că Liliana lucra la spital. Un gând îi răsări în minte și bărbatul căută numărul de telefon al Annei în lista lui de contacte, formându-l imediat.

— Bună, Victor, îi răspunse Anna. Sunt cam prinsă cu ceva în acest moment, spuse ea pe un ton imperativ. Va trebui să te sun eu mai încolo, adăugă ea, gata să termine apelul.

— Nu, Anna, strigă Victor la ea. Nu deconecta acest apel. Trebuie să mă asculți acum. Leah m-a sunat. Mi-a cerut să merg să îl ajut pe Mark chiar în acest moment, îi explică el pe cât de repede posibil, temându-se că femeia s-ar putea să nu bage în seamă avertizarea lui.

— Oh, Dumnezeule, exclamă Anna. Cum de știe ea ce se petrece cu Mark? întrebă ea uluită.

Nici unul dintre ei nu o ținuse la curent pe locotenentă cu progresul investigației lor. Nici unul nu-i spusese măcar că ar fi existat o investigație.

— Îți voi răspunde la întrebarea asta altă dată, i-o întoarse Victor în grabă. Trebuie să aduc copiii la tine pentru a putea merge după Mark imediat, bărbatul o avertiză.

— Dar eu sunt la birou, Victor. Chiar în acest moment sunt ocupată până peste cap. Sunt în legătură cu două echipe diferite, îl refuză detectiva.

Vocea femeii suna plină de confuzie. Annei nu îi venea să creadă că Victor se gândea că ea ar putea avea grijă de copiii lui în timp ce era la muncă.

— Nu pot să am grijă de copiii tăi acum, Victor. Monitorizăm situația cu Mark și Josh.

— Sunt sigur că te poți ocupa de copii. Voi aduce și jocuri pentru ei, nu te teme, îi tăie Victor obiecțiile rapid. Care e situația cu Mark și Josh?

— Pe cinstite, nu știm. Știu că au intrat pe o proprietate privată, dar nu putem merge după ei chiar acum. Nu avem nici un motiv legal pentru a pătrunde acolo, îi explică ea.

— Eu, unul, nu am nevoie de un motiv legal, îi reaminti Victor. Voi ajunge la biroul tău în mai puțin de cincisprezece minute, încheie el conversația.

După aceea, omul începu să-și adune trupele și să-i pregătească pentru excursia de seară pe care o avea în minte. Victor nu acceptă nici un fel de plângeri din partea celor doi copii și le permise să ia cu ei un joc pe care îl puteau juca împreună. De asemenea, le ceru să îi promită că nu vor deranja pe nimeni și că se vor juca cuminți în biroul lui Leah.

Copiii voiau să afle mai multe, dar mai apoi, observară că tatăl lor vitreg era extrem de serios și îngrijorat, așa că își ținură gurile închise și își adunară lucrurile în timp record.

După o călătorie haotică cu mașina prin Toronto pentru a ajunge la secție, Victor lăsă copiii cu o detectivă copleșită de uluială.

Annei tot nu îi venea să creadă că era în situația de a coordona cu două echipe de poliție diferite, de a monitoriza mișcările detectivilor pe teren și de a superviza doi minori în același timp.

Asta și merit dacă mă tot plâng că am o viață plictisitoare, își scutură femeia capul.

CAPITOLUL ȘAISPREZECE

Victor își conduse mașina spre proprietatea indicată de Anna pe cât de repede îi permitea traficul. Când ajunse în vecinătatea acesteia, recunoscu imediat locurile descrise de Axel.

După o cercetare scurtă a împrejurimilor, Victor descoperi mașina detectivilor ascunsă în tufișuri și îi verifică interiorul pentru a vedea dacă putea găsi ceva indicii privind localizarea celor doi bărbați. Își puse mâinile pe șolduri, iar mai apoi trecu cu privirea peste zona înconjurătoare, clădind un plan concis în minte.

Bărbatul o luă pe urmele detectivilor printre copaci până ce ajunse la punctul pe unde cei doi intraseră pe teritoriul proprietății. Acolo supraveghe zona pentru câteva momente și se hotărî să nu o ia pe aceeași cale.

Victor își scutură capul, înțelegând că detectivii făcuseră o greșeală pătrunzând în tabăra inamică prin acel punct pentru că orice persoană care s-ar fi aflat în grajduri ar fi putut să îi vadă. Acum înțelese bărbatul urgența din vocea lui Leah. El o luă pe un alt drum, tangențial cu cel pe care îl urmaseră detectivii.

Victor își blestemă progresul lent, dar, știa el că nu se putea grăbi. Bărbatul presupuse că situația lui Mark nu era tocmai îmbucurătoare, dar, oricum, nu ar fi putut să îl ajute dacă și el era prins la rândul său.

Cu toate acestea, Victor știa, de asemenea, că era necesar să ajungă la destinație cât mai curând posibil. Se temea că poliția va forța intrarea pe proprietate în orice moment, iar, din nefericire, așa ceva ar fi putut însemna condamnarea celor doi detectivi la moarte.

Victor ajunse pe partea laterală a unui grajd și merse de-a lungul peretelui cu grjijă. Când se decise să o ia pe după colțul clădirii, îi ajunse la urechi sunetul a două voci, așa că omul se opri imediat.

Ascultă cu grijă la ce se spunea și își dădu seama că oamenii vorbeau despre Josh. Se părea că Josh fusese deja neutralizat și scos din acțiune.

Victor continuă să tragă cu urechea până ce află unde se găsea trupul bărbatului. Se părea că acesta încă respira, dar era inconștient din cauză că indivizii îl loviseră peste cap cu o bucată de lemn, iar mai apoi îl drogaseră pentru a se asigura că nu le va cauza nici un fel de probleme.

Victor luă hotărârea să aștepte până ce cei doi indivizi s-ar fi îndepărtat. Nu dorea să îi confrunte acolo, pe loc, temându-se că lupta ar fi provocat prea mult zgomot și i-ar fi trădat poziția.

După ce aceștia părăsiră zona, omul se strecură în interiorul grajdului. Structura era încălzită și se scălda în lumina venind de la becurile fixate în tavan.

În interior, Victor observă un rând de uși închise cu lacăte. Când auzi plânsete din spatele acelor uși, el presupuse că acolo erau ținute prizoniere adolescentele.

Sunetul unor pași venind din partea cealaltă a ușii grajdului îl obligă pe Victor să se ascundă. Din nefericire, fiind un bărbat de aproximativ 1,90, nu prea avea de unde să aleagă, din moment ce nu existau multe ascunzători acolo. Grajdul fusese împărțit în staluri mici și numai încăperea destinată echipamentului pentru antrenarea cailor rămăsese deschisă.

Victor se grăbi să pătrundă în acea încăpere și se împiedică de Josh. Se părea că indivizii nu se mai obosiseră să îl închidă și pe detectiv.

Josh zăcea pe podea inconștient, legat fedeleș, ca un curcan de ziua recunoștinței. Victor îngenunche lângă detectiv și îi verifică pulsul. În același timp, bărbatul își ascuți urechile, ascultând pașii care răsunau acum în interiorul grajdului.

Doi bărbați râseră la gluma spusă de un al treilea, iar fruntea lui Victor se încreți din cauza îngrijorării. Bărbatul își dăduse seama că era blocat în încăperea de echipament pentru moment.

În mod obișnuit, lui Victor nu i-ar fi păsat dacă ar fi trebuit să se lupte cu trei bărbați, dar, în acea clipă, se temea de consecințele zgomotului pe care o astfel de luptă l-ar fi generat. Nu avea de unde să știe dacă mai erau și alții prin apropiere, iar cei trei adversari puteau să atragă mai mulți. Bărbatul știa că era bun, dar avea și el limitele lui.

— Da, venim acolo imediat, o voce serioasă răspunse la ceva ce i se spusese la telefon. Derek, tu rămâi aici, aceeași voce îi ordonă unuia dintre indivizi. Lucas și eu mergem la casa principală. Se pare că tipul pe care l-am prins avea companie, adăugă el cu o ură atât de profundă în voce încât sprâncenele lui Victor se arcuiră în sus. Individul acela lua totul foarte personal.

— Crezi că este vreo problemă acolo, Mick? întrebă unul dintre ceilalți indivizi.

— Ne vom ocupa noi de tot ce este nevoie, Derek, răspunse cel cu numele de Mick. Tu doar stai aici și supraveghează-le pe femei, îl sfătui el.

— Dar de ce eu? se plânse bărbatul, iar fruntea i se încreți.

— Pentru că tu ești idiotul care a adus poliția aici, îi răspunse Mick cu venin în voce. Dacă nu ai fi fost atât de idiot încât să îl împuști pe spălătorul de geamuri, nimeni nu ne-ar fi găsit. Așa că țineți gura închisă și fă-ți treaba, măcar o singură dată, adăugă omul pe un ton dur.

Victor își arcui o sprânceană, înțelegând ce voia omul să spună. Știa el că detectivii vor fi încântați să afle identitatea ucigașului lui Jose. Bărbatul așteptă ca cei doi indivizi să dispară, iar după aceea, se aplecă în față și îl căută pe Derek cu privirea.

Individul stătea în fața ușii, cu mâinile sprijinite de cadrul ușii. Victor se mișcă în tăcere în spatele lui și îi acoperi gura și nasul cu mâna, pentru ca mai apoi să-și ridice cealaltă mână strânsă în pumn și să îl lovească pe om cu putere, punându-l la pământ.

Victor aruncă o scurtă privire afară pentru a se asigura că nimeni nu l-a văzut și apoi închise ușa. Îl târî pe Derek spre încăperea dedicată păstrării echipamentului pentru antrenarea cailor, iar acolo începu să-l caute prin buzunare.

Victor luă o bandană dintr-unul din buzunarele lui Derek și i-o înfipse în gură cu satisfacție. O privire iute prin jur îl ajută să dea peste un colac de sfoară și niște bandă adezivă.

Mai întâi, Victor se gândi să îi lipească gura omului cu bandă adezivă pentru ca acesta să nu poată scuipa bandana din gură, iar mai apoi, plin de considerație, îi scoase acestuia haina pentru ca nu cumva să se închingă omul prea tare. Numai după aceea, Victor îi legă mâinile și picioarele lui Derek cu frânghia, oftând profund când termină cu el.

Aruncându-i lui Derek o ultimă privire, Victor se întoarse la Josh și încercă să îl aducă în simțiri. Îi luă însă ceva vreme pentru a-l face pe bărbat să deschidă ochii, irosind astfel minute prețioase. Mai mult decât atât, mărimea pupilelor lui Josh nu îl liniști pe Victor deloc.

Victor își scutură capul cu mânie. Josh nu l-ar fi putut ajuta nici măcar dacă ar fi vrut. Omul era scos din funcțiune pe toată durata acelei nopți.

— În regulă, uriașule, spuse Victor cu un oftat. Hai să te ajut să te simți puțin mai confortabil. Între timp, mă poți ajuta și tu pe mine sunând la secție. Sper că ești capabil să faci asta, își scutură omul capul cu neîncredere, dar știa el că trebuia să se bazeze pe Josh pentru acel lucru. Informează-i că ai fost luat prizonier și ești ținut aici împreună cu o mulțime de fete, pe care le voi elibera eu de îndată. Astfel, ei vor putea pătrunde pe teritoriul proprietății pentru ca să treacă acest loc prin sită, îi explică Victor detectivului.

Josh nu părea să priceapă prea multe, ci îi tot mângâia brațul lui Victor, fiind extrem de fericit că prietenul său venise după el.

— Mda, sunt și eu fericit, spuse Victor pe un ton sec. Ne vom demonstra dragostea unul față de celălalt puțin mai târziu. Acum trebuie să faci apelul ăla nenorocit, spuse bărbatul printre dinți, deja sătul de situația în care se găsea.

Victor știa că nu era vina detectivului că se comporta în acel fel. Cu toate acestea, el, unul, voia să termine treaba aceea cât mai curând posibil. Mark aștepta ajutorul lui altundeva și Dumnezeu știa cât de mult timp mai avea omul la dispoziție.

Îi luă lui Victor aproape zece minute pentru a-l determina pe Josh să sune la poliție. După aceea, bărbatul cercetă buzunarele lui Derek și găsi un inel cu chei. El presupuse, fără a se înșela, că acelea erau cheile de la lacătele de pe ușile în spatele cărora erau ținute fetele și începu să le descuie.

— Nu te teme, o avertiza el pe fiecare fată atunci când îi deschidea ușa. În afară de detectivul care se găsește în încăperea cu echipamentul de antrenare și de mine, nu mai este nimeni altcineva aici, așa că puteți ieși. Deja l-am imobilizat pe Derek și el nu mai poate pune mâna pe voi. Mai mult decât atât, poliția va veni curând să vă scoată de aici, le asigură Victor.

Ultima ușă se deschise spre o scenă de coșmar. Patru fete fuseseră aruncate pe o pătură pe podeaua de ciment, iar fiecare dintre ele era în stadii diferite de boală. Putea vede răni serioase pe fiecare dintre ele, iar unele dintre acestea încă sângerau, chiar dacă fuseseră provocate cu ceva vreme în urmă.

Victor strânse din dinți și își scutură capul de frustrare.

— Hei, strigă bărbatul. Le cunoaște vreuna dintre voi pe aceste fete?

Pași grăbiți provenind din partea cealaltă a grajdului îl anunțară pe Victor că unele dintre fete se hotărâseră să vină și să îl ajute.

— Da, aceasta este prietena mea, Andrea, o voce tremurătoare spuse.

— În regulă, spuse Victor pe un ton grijuliu. Și pe tine cum te cheamă? se gândi el să întrebe, dorind să construiască un raport cu tânăra fată, care, după cum bărbatul deja observase, părea neliniștită din cauza prezenței lui.

— Eu mă numesc Camilla, își ridică fata ochii spre el.

Victor oftă din nou când zări lacrimile ce curgeau pe obrajii adolescentei.

— În regulă, Camilla. Ai o mătușă care se numește Soledad? se gândi el să o întrebe.

Coincidența ar fi fost mult prea mare altfel. Bărbatul nu își imagina că ar fi putut exista două fete numite Camilla în acea tabără.

Fata îl privi piéziș pe bărbat, dar mai apoi, după o scurtă ezitare, dădu din cap. Ea nu știa ce să creadă despre atitudinea și cuvintele stranii ale bărbatului.

— Eu sunt Victor, o informă acesta. Soția mea, Liliana, lucrează cu mătușa ta la spital și am avut plăcerea să o primesc pe Soledad ca musafiră în casa mea de câteva ori. Ea a venit la mine și mi-a spus despre dispariția ta, adăugă el.

Acum fata începu să plângă de-a binelea. Ea își pierduse orice speranță că o mai căuta cineva, dar cuvintele lui Victor o și surprinseră și o și umiliră.

— Camilla, spuse Victor pe un ton dur. Plânsul nu va rezolva absolut nimic acum. Vreau ca tu și prietenele tale să le ajutați pe fetele din această încăpere să ajungă în tufișurile de afară. Desigur, dacă pot fi mutate, adăugă el după câteva clipe de gândire, aruncând o privire spre fetele de pe podea. Dacă nu, le vom lua după ce vine poliția, continuă mai apoi Victor pe un ton apologetic, temându-se ca fetele să nu aibă răni care ar fi pus viața lor în pericol dacă ar fi încercat să le mute de acolo.

Camilla își scutură capul, ceea ce îl ului pe bărbat.

— Acum ce mai e? întrebă cu iritare, iar sprâncenele i se adunară deasupra nasului.

— Nu o pot părăsi pe prietena mea aici, răspunse fata cu o altă scuturare a capului. Dacă nu o pot muta afară, voi rămâne cu ea aici, spuse ea cu încăpăţânare. În fond, este vina mea că am plecat cu indivizii aceia, recunoscu ea, coborându-şi ochii la podea.

— Nu e acesta momentul să discutăm cine e de vină, o sfătui Victor. Ceea ce trebuie să ţi minte e că aceste fete nu le vor fi de ajutor răpitorilor, dar tu da. Fii fată deşteaptă, o imploră Victor. Dacă nu o poţi muta, mergi şi te ascunde. Îţi promit că poliţia va apărea aici în scurt timp, iar totul va fi bine pentru ele atunci.

Ei bine, pe cât de bine posibil, considerând starea lor, se gândi bărbatul.

Tânăra fată îşi muşcă buza de jos şi nu ştiu ce altceva să spună. Victor îşi pierdu răbdarea şi, cu o scuturare a capului, spuse:

— Fă ce vrei.

Omul îşi aruncă mâinile în aer, încruntându-se la fată.

— Eu, unul, mă grăbesc. Prietenul meu şi mătuşa ta sunt în mare pericol chiar în acest moment, iar eu am pierdut suficient timp încercând să te fac să îţi foloseşti mintea, decise bărbatul.

La cuvintele lui, fata se albi şi mai mult. Imediat, se grăbi spre prietena sa pentru a vedea dacă o putea muta de acolo. Cu o altă scuturare a capului, Victor o părăsi şi se întoarse la Josh.

Bărbatul îl cără pe detectiv afară din grajd şi îl ascunse într-un tufiş lângă clădire. Cea mai mare parte a fetelor îl urmară, părând pierdute şi confuze. Oricine putea observa că ultimele câteva săptămâni lăsaseră urme profunde pe trăsăturile lor.

Victor îşi aruncă privirea spre ele şi, pentru o clipă, se întrebă ce fel de viaţă vor avea acestea după acea zi. După aceea, cu o scuturare a capului, le spuse să se întindă pe jos în tufişuri până ce va veni cineva de la poliţie să le ia.

Mai apoi, Victor îi lăsă un mesaj Annei, informând-o pe aceasta de locaţia detectivului pentru ca ofiţerii de poliţie ce urmau să pătrundă pe proprietate să îl găsească cu uşurinţă. De asemenea, el nu uită să le spună poliţiştilor şi despre fete.

Când Victor ieși din tufișuri, dădu peste un alt grup de fete ce le cărau pe cele rănite.

— Ne vom ocupa noi de ele, îl asigură Camilla pe bărbat, privindu-l cu ochi duri.

— Bun atunci. Poate că poți să te mai uiți și la tipul acela de acolo, își aplecă Victor capul spre tufișuri. Este ofiţer de poliţie și a fost drogat. Mai că și-a pierdut minţile.

Camilla dădu scurt din cap, iar apoi plecă cu celelalte. Victor le privi preţ de câteva clipe, iar mai apoi o porni spre rezidenţa principală.

Axel îi spusese lui Victor că îl putea găsi pe Mark in acea clădire. Din nefericire, omul nu era prea sigur că va ajunge acolo la timp ca să își facă treaba. Victor deja pierduse prea mult timp cu Josh. Cu toate acestea, trebuia să încerce absolut totul, din moment ce Mark era unul din prietenii lui apropiaţi.

Victor se apropie de clădire din spate, sperând că acolo nu vor fi prea mulţi indivizi de gardă. Dădu peste un tip singuratic, care se decisese să fumeze o ţigară chiar acolo. Victor reuși să îl neutralizeze cu un pumn bine ţintit în tâmplă.

Dând cu ochii de frânghia ce atârna de cureaua omului, Victor dădu din cap cu satisfacţie. Se părea că acelor indivizi le plăcea să care frânghii cu ei, dar pe moment, acea sfoară se vădea foarte binevenită.

Victor imediat smulse colacul de sfoară și începu să îl lege pe individul căzut la pământ cu propria lui frânghie, ceea ce lui i se păru extrem de ironic. Când termină, bărbatul îl propti pe individ de zid.

— Să sperăm că poliţia te va găsi curând, altfel s-ar putea să îngheţi, ridică Victor din umeri cu indiferenţă, lăsându-l pe om acolo, legat ca un curcan. *Nu e ca și cum mi-ar păsa. Viermii nu au nici un fel de drepturi în opinia mea,* mormăi el pentru sine.

După aceea, bărbatul localiză piviniţa și se îndreptă spre intrarea în subsol. Victor spuse o scurtă rugăciune ca nu cumva cineva să fi fost lăsat de gardă la ușa aceea. Bărbatul încercă să deschidă ușa, iar după câteva încercări eșuate și multe înjurături, reuși.

Victor intră cu grijă la subsol, trăgând ușa după el. Mai întâi, el se asigură că nimeni altcineva nu se ascundea pe acolo, iar mai apoi coborî scara de piatră nesigură spre interiorul pivniței. Locul părea să nu fi fost întotdeauna ținut închis, iar elementele naturii erodaseră piatra și, în unele locuri, lipseau bucăți mari din trepte.

Bărbatul traversă podeaua apoi și se îndreptă spre scara de lemn, care ducea spre cealaltă intrare dinspre interiorul casei. Victor urcă scările, iar când ajunse pe ultima treaptă, se sprijini de ușă. Bărbatul ascultă cu mare atenție pentru a surprinde și cel mai mic zgomot ce ar fi putut veni de dincolo de ușă, iar mai apoi, o întredeschise, sigur că nimeni nu îl aștepta acolo.

Victor făcu un pas în hol și supraveghie coridorul preț de câteva clipe. După aceea, bărbatul ieși complet din pivniță în holul care conducea spre bucătărie.

După câțiva pași, ajunse la o răscruce în coridor, iar acolo, Victor se opri să se gândească ce direcție să aleagă. Cum nu exista posibilitatea de a face o alegere rațională, până la urmă bărbatul alese unul dintre coridoare la întâmplare și îl urmă.

Nici nu făcuse mai mult de patru pași că zgomotul unei lupte înfierbântate îi ajunse la urechi. Bărbatul se opri pe loc o clipă și ascultă concentrat. După câteva secunde, ajunse la concluzia că a auzit suficient de mult și își schimbă de îndată direcția spre încăperea de unde provenea zgomotul.

Din acea încăpere izbucneau multe țipete și înjurături. În același timp, Victor își dădu seama că cineva arunca cu diverse lucruri în pereți și abia reuși să își înăbușe fluieratul ce îi urcase pe buze.

Fruntea bărbatului se încreți, iar acesta își scutură capul din cauza uluirii. Dacă Mark era sursa acelei comoții, însemna că omul clădise o rezervă serioasă de furie.

Victor se hotărî să încerce un atac prin surprindere și o porni în vârful picioarelor în direcția zgmotului. Ajunse la o arcadă largă ce conducea spre camera de zi și se aplecă în față pentru a evalua scena.

Bărbatul observă că Soledad se găsea în colţul îndepărtat al camerei, departe de ferestre, unde aceasta se ghemuise în spatele unui birou mic. Cineva îi legase mâinile la spate, iar Victor presupuse că, probabil, Mark nu avusese timp să o elibereze înainte de a face faţă la atac.

Chipul femeii purta urmele unei bătăi sălbatice. Cu dezgust, Victor observă că i se umflase ochiul drept şi aproape devenise negru. Ochii lui căzură mai apoi pe buzele crăpate ale lui Soledad şi bărbatul îşi strânse mâinile în pumni, copleşit de mânie. Nici lacrimile ce pătau chipul femeii nu îl ajutau pe Victor să îşi înăbuşe furia. Cineva îi sfâşiase hainele de pe ea, iar unul dintre sânii ei era expus vederii.

Mark stătea în picioare între ea şi atacatori, la o distanţă de aproximativ un metru de femeie. Bărbatul arăta înfiorător şi, aparent, îşi pierduse jacheta pe undeva prin casa aceea. Cămaşa de un albastru palid pe care o purta, fusese sfâşiată în mai multe locuri şi avea pete de sânge.

Nasul bărbatului arăta ca şi cum ar fi fost spart mai devreme, iar Victor îşi scutură capul, trăgând aer adânc în piept. Rana aceea probabil că durea ca naiba. Şi, mai mult decât atât, unul dintre ochii lui Mark devenise deja purpuriu, iar rănile însângerate de la încheiturile degetelor lui îi stârnîră compasiunea lui Victor.

Mark părea să fi fost angajat în acea luptă serioasă de ceva vreme şi acum respira cu mare greutate. Victor presupuse că cel puţin una dintre coastele bărbatului fusese ruptă şi spera numai ca aceea să nu-i fi perforat cumva unul din plămâni.

Pe podea, zăceau trei indivizi inconştienţi, dar, Mark tot mai trebuia să facă faţă la încă doi atacanţi. O a treia persoană, un individ mai în vârstă decât cei care se băteau cu Mark, stătea în picioare mai la o parte, departe de orice pericol, şi contempla lupta ce se desfăşura în faţa lui, cu ochi reci şi dispreţuitori.

Victor deduse că acel individ singuratic trebuia să fie bossul cel mare. Îmbrăcămintea şi ţinuta lui îi proclamau, de altfel, poziţia în ierarhia bandei.

Cum lui Victor nu îi prea plăceau șansele lui Mark, în primul rând pentru că omul nu mai avea suficientă suflare în el pentru a se mai lupta multă vreme, bărbatul se hotărî să îl atace pe boss. El se gândi că o dată ce l-ar fi luat prizonier, acesta ar putut să le ordone celorlalți să îl lase în pace pe Mark. Nu era o tactică care promitea succes sută la sută, dar părea să fie cea mai bună pe care o putea folosi pe moment.

Victor profită de faptul că oamenii erau prinși de bătălia cu Mark și se strecură în jurul camerei. Când bossul își dădu seama că el însuși devenise ținta unui atac, era deja mult prea târziu pentru el. Victor își încolăcise deja un braț în jurul gâtului său și își înfipsese și degetele de la mâna cealaltă în părul lui.

— Dacă faci o singură mișcare, îți frâng gâtul ca pe o așchie, îi șopti Victor în ureche pe un ton de avertizare.

Individul înghețà pe loc. Vocea calmă a atacatorului său îl preveni că nu era de glumă. Bărbatul vorbea serios, iar el, unul, nu voia să îi încerce voința pe propria lui piele.

— Ce vrei? se interesà el pe o voce răgușită, dar, brusc, un strigăt de pură agonie zbură de pe buzele lui Mark și îl opri pe Victor de a mai răspunde.

În ciuda surprizei încercate, Victor nu eliberà gâtul victimei sale. Omul se mulțumi să își întoarcă cu îngrijorare ochii spre prietenul său, exact la timp pentru a observa că unul dintre atacatori îl înjunghiase pe Mark în piept. Mark făcu câțiva pași împleticiți în spate, iar atacatorul păru să îl urmărească, având intenția de a-și recupera pumanul pentru a-și termina treaba.

— Spune-i să-l lase pe om în pace, îl sfătui Victor pe boss pe un ton atât de rece că îl înghețà pe bărbat până la oase.

Atunci, acesta pricepu că omul vorbea extrem de serios și nu avea nici un fel de scrupule. Nu încăpea îndoială că i-ar fi frânt gâtul ca pe o așchie.

Bărbatul imediat își strigă ordinele. Amușinând sângele pradei, tinerii protestară, lansând un șir de înjurături, dovedind că doreau să își ducă treaba la bun sfârşit. Cu toate acestea, când îşi dădură seama că şeful lor înota în ape adânci, îşi aruncară braţele în sus, pentru a demonstra că se vor preda.

— Vreau să îngenunchiaţi pe podea cu mâinile încrucişate pe ceafă, le porunci Victor bărbaţilor pe acelaşi ton îngheţat care nu permitea nici un fel de obiecţie.

Martor la capitularea oamenilor săi, bărbatul care folosea aliasul de Jones se sufoca din cauza impotenţei sale. I-ar fi plăcut să îşi înfigă pumnul în gura lui Victor şi să-l facă să plătească pentru toate impunităţile pe care bărbatul i le provocase în ziua aceea.

Jones îşi privi oamenii îngenunchiând şi punându-şi mâinile la spatele capului, iar după aceea întrebă pe un ton negru:

— Şi acum ce facem?

— Ei bine, acum aşteptăm poliţia, ridică Victor din umeri cu nonşalanţă. Cred că ofiţerii de poliţie ar trebui să ajungă aici în orice clipă, îl informă el pe Jones pe un ton liniştit.

În ciuda vorbelor sale, braţul pe care îl încolăcise în jurul gâtului individului nu dădea semne că ar vrea să îşi slăbească strânsoarea. Victor părea pregătit să îşi ducă promisiunile până la capăt.

— Nu te teme, nu va mai dura mult de acum. Nu vei avea timp să te plictiseşti, adăugă Victor cu dispreţ.

Jones oftă în sinea sa şi se resemnă la gândul de a fi arestat, înţelegând că nu avea nici un mijloc de a ieşi din situaţia aceea. De asemenea, el se gândi că ceea ce era mai rău, era faptul că cel puţin una dintre acuzaţiile ce i se vor aduce va fi cea de complicitate la omucidere. Nu îşi făcea nici un fel de iluzii că uciderea spălătorului de geamuri ar fi putut fi ascunsă sub covor.

Lui Victor nu-i păsa nici cât negru sub unghie ce gânduri îi treceau prizonierului său prin cap. Bărbatul făcea eforturi uriaşe ca să îşi păstreze calmul în faţa oamenilor care îl priveau cu ură. I-ar fi plăcut lui să le-o plătească în acelaşi fel pentru ceea ce îi făcuseră lui Mark, dar nu putea chiar în acel moment.

Totuși, omul se perpelea de îngrijorare că poliția va ajunge prea târziu pentru a-l salva pe Mark. Soledad se ridicase în picioare cu greutate și fugise spre detectiv. Cu toate acestea, având mâinile legate la spate, femeia nu putu face nimic pentru acesta, iar Victor nu o putea ajuta pentru că nu îndrăznea să îl elibereze pe Jones. Până la urmă, femeia îngenunchie lângă Mark, își puse capul pe pieptul lui și începu să plângă în hohote.

După aproximativ cinci minute, locul începu să colcăie cu ofițeri de poliție, iar ordinele strigate încinseră atmosfera.

Victor își predă prizonierul polițiștilor, iar mai apoi bărbatul îi informă pe aceștia despre fetele și Josh care se ascundeau în tufișuri. El nu uită să îl menționeze pe Derek, numindu-l de altfel, ucigașul de facto al lui Jose, pentru ca acea informație să fie folosită ulterior.

După aceea, bărbatul se grăbi spre Mark. Victor simțea nevoia de a vedea dacă premonițiile lui Axel se vor îndeplini pe ziua aceea.

CAPITOLUL ȘAPTESPREZECE

Mark era sătul până peste cap să zacă în spital. Deși nu era el de felul lui o persoană prea activă, omului tot îi displăcea să își petreacă zilele în pat, mai ales că acolo se găsea și sub supraveghere strictă.

Mai mult decât atât, întrebările lui primeau doar răspunsuri vagi, iar detectivul tot nu reușise să afle când se va încheia vizita sa la spital. Personalul medical avea obiceiul de a vorbi mult, fără a spune absolut nimic, iar acel lucru îl scotea din minți.

Cu toate acestea, bărbatul era mulțumit de rezultatul investigației sale, chiar dacă nu era el cel care ieșise victorios. Important era că ucigașul lui Jose fusese arestat, iar fetele eliberate.

Apariția lui Victor în ultimul moment îi salvase viața lui Mark și, mult mai important, prietenul său îi salvase viața lui Soledad.

Mark încă vedea roșu în fața ochilor, iar sângele îi clocotea în vene, ori de câte ori își amintea că femeia fusese pe punctul de a fi violată atunci când el pătrunsese în interiorul casei lui Jones. Nu reușise el să facă prea mult pentru a o salva, chiar dacă încercase.

În ciuda eșecului lui Mark, Victor venise și salvase ziua, din fericire, și adusese și cavaleria cu el.

Până la urmă, Victor salvase fata. Mark dăduse greș și se pomenise și cu un cuțit în piept drept mulțumire pentru eforturile lui. Acel gând îl amărea, dar Mark nu se plângea. Dacă nu ar fi fost Victor, tot ceea ce făcuse el, ar fi fost inutil.

Uşa camerei de spital se deschise, iar Victor intră cu un zâmbet larg pe buze.

— Am o mare surpriză pentru tine, îi spuse omul lui Mark, mişcându-şi sprâncenele de sus în jos.

— Nu sunt prea sigur că îmi plac surprizele, îşi avertiză Mark prietenul cu o ridicare din umeri grijulie.

De fiecare dată când se mişca prea repede, o durere orbitoare îi străpungea umărul dintr-o parte în alta. Încă îl mai durea nasul, în ciuda novocainei care îi fusese injectată. Mark evita orice mişcare bruscă şi nici măcar nu visa să îşi mişte nasul pe moment.

— Oh, îţi va place aceasta, îl asigură Victor cu o fluturare a mâinii. Hei, poţi intra, strigă el la cineva din afara încăperii. Omul este decent, spuse Victor şi izbucni în râs când observă chipul supărat al lui Mark.

Leah şi Axel pătrunseră în camera de spital şi în ochii lui Mark apăru o strălucire ciudată. Victor speră că bărbatul nu va începe să plângă pentru că ar fi fost un moment mult prea penibil.

Cuplul îl salută pe detectiv cu entuziasm, ambii fiind fericiţi să vadă că omul rămăsese într-o singură bucată. Leah chiar se aplecă deasupra lui şi îi sărută obrazul, un gest de afecţiune pe care nu i-l mai arătase niciodată.

Pentru o clipă, Mark nu ştiu cum să reacţioneze, dar mai apoi, se mulţumi să-i strângă mâna locotenentei pentru a-şi arăta aprecierea.

— Trebuie să îţi mulţumesc, îi spuse Mark lui Axel, strângându-i omului mâna. Victor mi-a spus că a ştiut să vină şi să mă salveze doar din cauză că tu l-ai sunat să îl avertizezi, adăugă el, privindu-l pe Axel drept în ochi, amintindu-şi cât de puţin binevoitor se arătase el faţă de acel bărbat în trecut.

La început, Mark făcuse tot posibilul pentru a-l ţine pe Axel departe de munca de poliţie. De fapt, detectivul fusese gelos că Leah îi arăta bărbatului atât de multă încredere.

Mark nu înțelesese niciodată de ce Axel putea descoperi anumite informații care lui îi scăpau, așa că mereu își arătase neîncrederea față de el.

— Cu plăcere, îi strânse Axel mâna detectivului. Și nu este necesar să mai vorbim vreodată despre chestiunea aceasta, îi făcu el cu ochiul, înțelegând ce îi trecea bărbatului prin minte.

Axel știuse că Mark nu avea deloc încredere în el, dar, cu toate acestea, proaspătul soț al locotenentei nu era genul de om care să poarte resentimente cuiva. Mai mult decât atât, omul înțelegea de ce, în trecut, Mark considerase unele din chestiile pe care Axel le spunea ca fiind dubioase.

Axel încercase întotdeauna să explice totul în așa fel încât detectivul să-i accepte afirmațiile, dar nu prea avusese succes. Mark avea încredere în puțini oameni și credea cuvintele a și mai puțini.

— Am auzit că te vei face bine curând, remarcă Leah, în timp ce ochii ei îi cercetau trăsăturile detectivului pentru a vedea ea însăși dacă evaluarea doctorilor era corectă, și abia își controlă un tremur de milă când ochii îi trecură peste nasul bărbatului și peste bandajele de pe umărul său.

— Cred că așa au zis doctorii, dădu Mark din cap. Cu toate acestea, nu prea pot fi sigur. Sunt atât de vagi în legătură cu totul, se plânse el, scuturându-și capul de supărare.

O durere străpungătoare îi traversă craniul ca urmare a mișcării neînțelepte, iar bărbatul icni, strângându-și pumnul din cauza senzației. Leah își strânse buzele cu simpatie, dar nu spuse nimic. Victor se mulțumi numai să îl bată pe umărul sănătos, iar Axel îi zâmbi strâmb. Bărbatul nu credea că Mark ar aprecia nici un fel de platitudine în acel moment.

— Oricum, abia aștept să merg acasă, oftă Mark profund când durerea îl mai slăbi. M-am săturat până peste cap să îmi irosesc zilele în patul acesta.

— Dar acasă vei avea nevoie de ajutor, îl preveni Leah pe Mark pe un ton pragmatic. Pentru o vreme, nu vei fi în stare să faci mai nimic, îi spuse ea, dar Mark se mulțumi doar să ridice din umeri.

Așa ceva nu conta pentru el. Putea el supraviețui cu doar câteva lucruri pentru câteva zile, ba chiar câteva săptămâni. Important era numai să poată scăpa de mirosul de spital pe care nasul lui nu îl mai suporta. Bărbatul avea senzația că mirosul îi pătrunsese în piele și, indiferent cât de mult s-ar fi spălat, tot nu s-ar fi putut descotorosi de el.

— Are ajutor, interveni Victor, subliniându-și cuvintele cu o fluturare a mâinii.

— Nu, pe bune? se minună Mark, iar sprâncenele i se arcuiră în sus pe frunte. Cine? se interesă el. Nu cred că ar fi Liliana. Nu cred că te-a iertat încă pentru că i-ai lăsat pe copii la secție, așa că nu o poți determina să mă ajute, sublinie el.

— M-a iertat, nu îți fă tu griji, izbucni Victor în râs. Liliana este destul de inteligentă să înțeleagă că uneori este necesar să aplici măsuri extreme, îi explică el, fluturându-și degetele cu indiferență.

—Ah, deci Liliana este ajutorul de care vorbeai? îl întrebă Mark cu curiozitate.

— Ah, nu, ea e soția mea. Dacă vrei să ai una, ia-ți una, își scutură Victor capul, pretinzând că era mânios. Aici e ajutorul tău, își flutură el mâna spre ușă.

Nimeni nu pătrunse în încăpere, iar Mark izbucni în râs.

— Chiar m-ai păcălit pentru o clipă. M-ai făcut să mă uit într-acolo, își scutură bărbatul ușor capul. Chiar te-am crezut, Victor. Trebuia să știu că e numai una dintre glumele tale.

Cu toate acestea, bărbatul se simțea dezamăgit. Știa el că dacă ar fi avut un oarecare ajutor, ar fi putut să-i determine pe doctori să-l lase să părăsească spitalul mai rapid. Pentru o clipă, Mark chiar sperase că ajutorul despre care vorbea Victor era real.

— Nu, nu, nu, îi respinse Victor cuvintele lui Mark, îndreptându-se furios spre uşă. Ce faci? strigă el către cineva din partea cealaltă a uşii, de pe coridor. Mi-ai stricat scena, spuse bărbatul pe un ton supărat.

— Îmi pare rău, veni dinspre coridor vocea exotică pe care Mark o visase în fiecare noapte, iar inima bărbatului se opri pentru un moment.

Anxietatea, dar şi entuziasmul, îi aduse fluturi în stomac şi piept.

— M-a reţinut cineva, adăugă femeia pe un ton apologetic.

O clipă mai târziu, Soledad pătruse pe un pas molcom în încăpere, iar un zâmbet timid i se agăţă de buze. Mai întâi, ea îi salută pe ceilalţi pe un glas liniştit, iar interesul i se putea citi pe chipul ei.

Femeia auzise despre Leah şi Axel, dar nu îi mai întâlnise înainte. Cu toate acestea, Victor îi spusese că va întâlni cuplul în camera lui Mark în acea după-amiază.

Tânăra femeie le mulţumi celor doi cu o gratitudine demnă, chiar dacă atât Leah cât şi Axel îi îndepărară cuvintele, explicându-i că nu era necesar să le mulţumească. Soledad dădu din cap nesigură şi apoi se întoarse spre Mark, fixându-l cu privirea.

— Deci tu vei fi ajutorul meu, o privi Mark cu intensitate, neştiind însă ce să creadă despre întreaga situaţie.

— Aşa mă gândeam, dădu femeia din cap, pentru ca mai apoi să îşi treacă privirea peste trăsăturile bărbatului mai întâi, iar după aceea peste pieptul lui.

Soledad voia să văd ce progres făcuse acesta până atunci.

Ultima oară îl văzuse pe Mark în camera de la urgenţă, unde fuseseră aşezaţi în două paturi, unul lângă celălalt. În acel moment, detectivul nu prea arăta ca şi cum ar fi avut şanse de supravieţuire, iar vina o chinuise pe femeie zile în şir. Dacă ea nu ar fi crezut că era o idee bună să se ducă şi să vâneze răpitorii ea însăşi, omul nu s-ar fi găsit în acea situaţie.

După ce îl privi pe bărbat cu atenţie de sus până jos, Soledad îşi întoarse privirile spre chipul lui. Ochii ei de un caramel întunecat topit îi străpunseră pe ai lui Mark. Femeia aşteptă să vadă ce avea omul de zis, temându-se că acesta s-ar putea să-i refuze ajutorul din cauza a tot ceea ce i se întâmplase ca urmare a acțiunilor ei.

Tânăra femeie percepea tumultul sentimentelor ce se războiau înlăuntrul bărbatului, dar nu putea să își dea seama exact ce simțea acesta, neputând citi întregul său spectru de simțiri, ceea ce o cam neliniștea. De obicei, abilitățile ei îi ofereau rezultate mai precise.

— Cred că îmi place felul tău de a gândi, dădu omul din cap, iar ochii săi enigmatici îi cercetară și ei chipul femeii.

Victor deja îl informase despre situația lui Soledad, așa că el știa că nu suferise prea mult și că se recupera din ce în ce mai mult pe zi ce trecea. Cu toate acestea, lui Mark i-ar fi plăcut să vadă acel progres cu ochii lui.

Acum, în sfârșit, conștiința sa se putea odihni pentru o vreme. Femeia părea să fie bine, ceea ce însemna că el nu eșuase complet în acțiunea de salvare pe care o încercase.

— Și eu cred că o plac, îi șopti Leah lui Axel, care râse și își scutură capul.

Putea Leah spune orice voia, dar ea întotdeauna acționa ca o cloșcă în ceea ce îl privea pe Mark. Axel avea sentimentul că soția sa îl considera pe Mark ca fiind fratele ei mai mic, deși vârstele lor ar fi contrazis-o.

EXTRAS DIN ROMANUL UN IMIGRANT

Brusc, îi ajunse la urechi ecoul unor pași iuți venind dinspre direcția grădinii Gigue. Trepidând, Victor își ridică capul și se uită fix, fără să clipească, în noapte.

Anxietatea și teama îl încolțiră, iar el împinse cu putere în palmele proptite pe pâmant ca să se poată mișca. Instantaneu, durerea îi radie peste tot spatele, dar, cu determinare, scrâșnind din dinți, continuă să se târască sub un copac. Se simțea de parcă s-ar fi mișcat prin molasă. Fiecare centimetru cucerit îi aducea din ce în ce mai multă sudoare și durere.

'Cel puțin sunt încă în viață,' reflectă Victor. *'Dar nu pentru multă vreme dacă nu mă mișc de pe nenorocita asta de cărare,'* mormăi el și împinse mai tare în brațe, strângând din dinți pentru a-și amuți gemetele.

—A căzut undeva pe aici, o voce puternică de bărbat străpunse liniștea.

—Ești sigur? Nu văd pe nimeni, îi replică o voce joasă, dar care clar aparținea unei femei. Îndoiala era evidentă în vocea ei.

Victor se opri și încercă să devină una cu pământul. Știa că acum se găsea în umbră și ei nu-l puteau vedea.

—Îl aud, spuse femeia cu entuziasm, iar Victor se strâmbă.

'Cum naiba mă poți auzi?' se întrebă el, iar ochii i se măriră de uluire. Degetele-i săpară în solul dumbravei, ca și cum ar fi vrut să se ancoreze acolo.

'Nu spun nici o iotă,' gândi el febril. *'Nu mi-am pierdut mințile într-atât încât să vorbesc fără să-mi dau seama, nu-i așa?'*

—Da, îl aud și eu, replică vocea bărbatului. Și-a păstrat umorul așa că probabil starea lui nu e foarte proastă, remarcă el ironic.

Sprâncenele lui Victor i se ridicară pe frunte. *'Cine naiba sunt oamenii ăstia? Mai mult decât atât, ce naiba vor de la mine?'*

—Nu aud pe nimeni altcineva în jur, spuse femeia. Scoate-ți lanterna, spuse ea poruncitor.

'Parcă ar fi un sergent major,' mustăci Victor, ascultând cu mare atenție la fiecare sunet pe care cei doi îl făceau.

VICTOR RENUNȚĂ SĂ MAI facă pe mortul în păpușoi când lumina lanternei mătură peste el. Nu-i cunoștea pe cei doi oameni, dar oricum nu existau decât două opțiuni viabile — aceștia fie veniseră să-l salveze, fie să-l termine. Nu exista o a treia posibilitate.

Își ridică capul și scrâșnind din dinți se întoarse spre lumină. Lanterna îl orbi si de data aceasta nu-și putu opri un geamăt.

-E acolo, spuse bărbatul, si se grăbi spre el pentru a îngenunchea lângă Victor. Hei, amice, mai ești cu noi? întrebă el, iar Victor îi simți zâmbetul din voce.

Victor mârâi și dădu din cap scurt. Nu știa dacă mai avea voce sau nu. Ochii lui cercetară chipul bărbatului și, satisfăcut că nu l-a mai văzut niciodată înainte, își lăsă fruntea să-i cadă din nou pe brațele îndoite și închise ochii.

-Este încă în viață? se auzi vocea femeii.

-Da, este. Ce ar trebui să facem acum? întrebă bărbatul, iscând curiozitatea lui Victor.

'De ce oare îi cere ei părerea?' se gândi el, iar câteva clipe după aceea, râsul bărbatului umplu aerul.

-Pentru că ea este șefa acum, bărbatul replică cu umor.

Cuvintele lui îl șocară pe Victor și acesta pur și simplu îngheță, ochii lui fixându-se pe Axel. Nici măcar nu putea clipi.

-Uite ce-ai făcut acum, Axel, își admonestă femeia însoțitorul. L-ai înspăimântat.

-Va supraviețui, răspunse Axel pe o voce pragmatică, iar Victor avu impresia distinctă că bărbatul a ridicat din umeri cu nonșalanță.

-Cine sunteți voi, oameni buni? Victor mormăi, incapabil să-și mai țină gura închisă nici măcar pentru un moment.

Avea senzația că a aterizat într-o dimensiune bizară. De data aceasta, era sigur că nu a spus nimic cu voce tare.

Mâna rece a femeii îi îndepărtă părul de pe frunte, alinându-i febra care îi creștea.

-Sunt Leah MacKay. Sunt detectiv, iar acesta este prietenul meu, Axel Arnett, replică ea pe o voce blândă. Voi chema o ambulanță pentru tine, continuă ea.

Femeia încercă să se ridice, dar degetele lui Victor i se încleștară pe încheietura mâinii cu o putere surprinzătoare.

-Nu chema poliția, mormăi Victor.

Își mușcă buzele. Mișcarea bruscă îi eliberase mii de săgeți dureroase de-a lungul șirei spinării și bazinului.

Arnett izbucni într-un râs viguros. Sunetul râsului său îl zgârie pe Victor pe nervi și dacă ar fi avut suficientă putere, l-ar fi pus pe bărbat la pământ cu un pumn bine plasat.

-Îmi pare rău, amice, poliția e deja aici, îi explică Axel vesel, ceea ce îl făcu pe Victor să strângă din dinți din nou.

Cu blândețe, Leah îi desprinse degetele de pe încheietura mâinii ei și își scoase telefonul celular din buzunar. Formă 911 și îi explică operatorului cine era și că avea nevoie de o ambulanță și de echipa sa specială la grădina Sarabanda.

Învins, Victor oftă și-și puse capul pe brațe din nou. O dată, vazuse la televizor o reclamă cu un mic hârciog care tot încerca să iasă dintr-o gaură din pământ numai pentru ca să fie lovit cu un ciocan în cap de fiecare dată. Acum, el era acel hârciog. Pierduse controlul asupra vieții lui. '*Eh, nu e ca și cum ar fi pentru prima dată*,' mustăci el.

Axel Arnett se aplecă de-asupra lui și îi șopti:

-Totul va fi bine, nu-ți fă griji. Ea e cea mai bună.

-De-asta mi-era și teamă, mormăi Victor, făcându-l pe Axel să râdă pe înfundate.

Lui Axel îi plăcea bărbatul și era satisfăcut că ajuneseră la el în timp util. Spera că va supraviețui.

BIOGRAFIA AUTOAREI

ROXANEI NĂSTASE ÎI place să scrie și să facă prăjituri – aceste două pasiuni se potrivesc foarte bine. De asemenea, îi place să petreacă timp cu câinele ei – sau cel puțin marea parte a timpului, pentru că, de fapt, acesta este un drăcușor.

O călătorie în Scoția a făcut-o să-și dăruiască inima unei țări minunate și unor oameni extraordinari. De aceea a ales un detectiv scoțian pentru marea parte a romanelor sale polițiste.

CĂRȚI SCRISE DE ROXANA NĂSTASE

Nebunie pe Strada Privighetorii – Seria McNamara – Cartea Întâi

Mirosuri și Umbre – Seria McNamara – Cartea A Doua

Legături Relative – Seria McNamara – Cartea A Treia

Seria McNamara – Box set (Carteal I și II)

Un Epitaf Potrivit – Seria MacKay – Detectiv Canadian (Cartea În-tâi)

O Femeie Bisericoasă

Un Imigrant – Seria MacKay – Detectiv Canadian (Cartea A Doua)

Bărbatul din lift

Team-building cu ponoase

Schimbarea – Seria MacKay – Detectiv Canadian - Cartea A Treia

Răzbunarea nu e întotdeauna dulce – Seria Josh Aldridge detectiv particular – Cartea 0

În curând va apărea:

Conversații cu câinele meu – Pseudo-eseuri

*Vă mulțumesc pentru că ați citit romanul **Nebunie pe strada privighetorii**.*

Dacă v-a plăcut, vă rog să le spuneți și prietenilor dumneavoastră sau să postați o recenzie scurtă. Cuvântul purtat din gură în gură este cel mai bun prieten al unui autor și este extrem de apreciat.

Vă mulțumesc,

Roxana Năstase.

www.ingramcontent.com/pod-product-compliance
Lightning Source LLC
Chambersburg PA
CBHW071941190726
48293CB00004B/1298